作者简介

韩晓露，杭州人。毕业于浙江大学，获中文学士学位、新闻研究生学历。浙江省作家协会会员，散文家、诗人、专栏作家，资深媒体人。出版散文集《人间有味》、《心生愉悦》，并登上腾讯畅销书榜和百度畅销书榜。有散文作品《桃花岛探奇》被录入中学生八年级课外阅读教材。有散文作品获奖。有散文作品在《人民日报》(海外版)刊登后被海内外刊物转载。与人合著《茅以升传》(第一作者)获浙江树人出版物奖。有深度新闻报道被时任副总理的曾培炎批示、有深度新闻报道被国研网转载、有深度新闻报道全文被《人大报刊复印资料》转载。

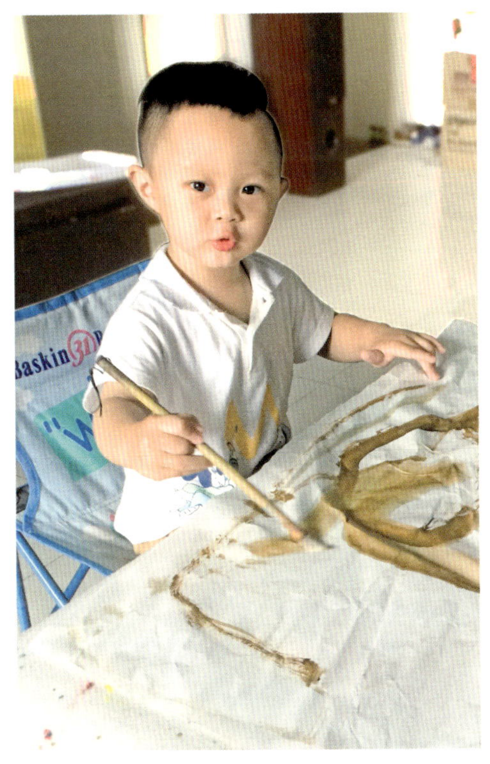

樊子奇，作家韩晓露的儿子，出生于2013年11月30日。本书封面图案及插图由子奇小朋友绘于2015年6月至2016年5月。

雅活

韩晓露 著

·桂林·

图书在版编目（CIP）数据

雅活 / 韩晓露著. 一桂林：广西师范大学出版社，2016.10

ISBN 978-7-5495-8866-4

Ⅰ. ①雅… Ⅱ. ①韩… Ⅲ. ①散文集－中国－当代 Ⅳ. ①I267

中国版本图书馆 CIP 数据核字（2016）第 227862 号

广西师范大学出版社出版发行

（广西桂林市中华路 22 号 邮政编码：541001
网址：http://www.bbtpress.com）

出版人：张艺兵

全国新华书店经销

广西大华印刷有限公司印刷

（广西南宁市高新区科园大道 62 号 邮政编码：530007）

开本：880 mm ×1 240 mm 1/32

印张：5.75 插页：2 字数：150 千字

2016 年 10 月第 1 版 2016 年 10 月第 1 次印刷

定价：29.80 元

序

拥抱在用言语所能照明的世界

拥抱在，用言语所能照明的世界里。集合起词语的鸟儿，扑腾腾地飞。

这也是我的散文想象。记者写散文、当作家，是有优势的，有时只需使一把劲，就能照明前面更广阔的世界。韩晓露是我的媒体同行，在深度报道之外，恋上了散文。她说她在散文里“苦苦寻觅一种理想的社会生活状态，描绘着一种浪漫主义的生活态度”，在喧嚣的尘世里寻觅这些人与事，于是成就了这本散文集《雅活》。

雅活是什么？雅活是西子湖畔，静卧烟霞；雅活是闲敲棋子，夜落灯花；雅活是姹紫嫣红，开遍谁家。

成为作家，当为记者良愿。跑得多了，坐下来，成“坐家”也好。事实上，记者成为作家的不少，但女记者成为名作家的似乎不多。成就最大的，一下就能想到阿列克谢耶维奇。这位白俄罗斯女记者，获得了2015年度的诺贝尔文学奖。她采写的每一篇人物口述回忆，单独阅之，皆为散文，且是优质的。

散文是起步的文体，写之容易，写好则难。从“步进”到“进步”，总有一个过程。董桥的散文，自是娴于布局、耽于炼句，“用心写每一个字，写出自己觉得好的作品”；而写到后来，董桥自己就不在乎写的是文学还是非文学，是散文还是时评了，自称“混迹江湖，转眼心顺、目顺、耳顺”，从心所欲，笔顺就好。与文人的散文不同，记者的散文，更多的不是关心自己，而是关切他人，关切社会。

散文题材的两个开掘维度：一个是向自己内心开掘，另一个是向外部世界开掘。当然也可以是两者的结合。如果意在笔先，关心公共事务，那么外部世界就有着源源不断的写作素材。从本性来讲，女作家似乎擅长于向自己内心开掘，而女记者、女作家韩晓露的散文，越来越成为“走出去”的散文。她的第一本散文集，书名是《心生愉悦》，这是“关心”的名字；她的第二本散文集《人间有味》，书名则侧重人间了。这第三本散文集《雅活》，就从“关心”进入了“关切”，比如开篇《呼唤水的良善姿态》，即是这样的佳作，节录一段：

在城市，在乡村，在我们的生活中，它变得污浊不堪，我们无法与它亲近，看不见水里的游鱼，甚至不能与之嬉戏；在大雨后，它又是泛滥的，它四处流淌，将马路变成了最现成的河床；台风过后它又是狂虐的，能掀起巨浪，吞噬一切美好。

此时，水失去了美好的姿态，它变得疯狂、恶劣，无法亲近而可怕。

古语云，上善若水。然而，在当今，水之善已逐渐离我们远去。

美好的浙江失去了善水，我们在呼唤它的归来。

“呼唤水的良善姿态”，如诗的题目。这篇散文发表于我所在的《杭州日报》，是“我的家乡有条河”征文大赛获奖作品，相信每一个读了的人都会引起同频共振。这篇散文是写这个时代的“治水”的。富有情怀的人与事，乃是散文的好题材。我们都知道：水，滋养万物是一种本领，刚柔相济是一种底蕴，避高趋下是一种谦逊，滴水穿石是一种毅力，奔流到海是一种追求，海纳百川是一种大度，沉淀自净是一种能力，洗涤污淖是一种品性……可是，水养的人，一日都离不开水的人，却没心没肺无情无义地把水污染了。开着宝马没水喝，那是谁要的“雅活”生活？作为记者，作为散文作家，韩晓露情不自禁地呼唤水的良善姿态，这背后当然是呼唤人的良善姿态。

理想的社会生活状态，浪漫也好，现实也罢，总归是靠人筑就。处在旋涡里的人，有责任说出旋涡的样子；而不是阴影中的人，呆久了会成为阴影的一部分。

记者的敏感、记者的视野，一直在助力作者，丰富内涵——那不是“装点此关山”，而是把江山装在心中。读《在枸杞岛遇见不一样的你》，我一路在想，不能仅仅是写海浪拍岸呀，不能仅仅是写开发民宿的主人呀，一定要写写那废村“绿屋”呀。好的，果然后面就写道：

我们离开岛屿的时候，还去网上出名的绿屋走了一圈，绿屋是一个消逝的村庄，建在临海的一个小山岙里，密密麻麻的都是两三层高的废弃的楼房。夏季的时候，房子上爬满了碧绿的爬山虎，绿屋由此出名。

……绿屋现在出了名，来绿屋参观的游人络绎不绝，成了岛上一道独有的风景，每一个游客到绿屋的心情大多不同。我看见一幢绿屋的残垣上有80后贴的英文，大抵是有一颗浪漫的心的意思之类的。

时代变迁，沧海桑田。偏僻岛村，被废弃后回归自然——你看去应该有喜感。“废村”毕竟不是“废都”，那不是颓废，而是绿意盎然。

散文写作，可以“篇篇有我”，而记者作家是“我问故我在”、“我看故我在”、“我思故我在”。

记者作家写纪实性的作品，散文味最浓、思想性最深、可读性最强的，要数彼得·海斯勒。这位曾经的美国《纽约客》驻北京记者，写下的“中国三部曲”——《寻路中国》、《江城》和《甲骨文》，让我感叹“真是‘嗨死了’的海斯勒”。还有一位，远一点，他是乔治·奥威尔，以《动物农庄》和《1984》名世的英国作家。二战时期，奥威尔在BBC——著名的英国广播公司，从事战争报道；战争后期，他又出任《观察家报》驻欧战地记者。艺术与思想齐飞，现实共虚构一色。奥威尔有个著名的“写作六规则”，用以自我约束：

1. 绝不使用在印刷物里常见的隐喻、明喻和其他修辞方法。

2. 如果一个字能说清，就不用两个字。

3. 若可省略一词，则省略。

4. 能用主动语态，就绝不用被动语态。

5. 能用常用词，就不用外来词、科学术语与行业术语。

6. 绝不用粗俗语言，为此可以打破上面任一规则。

是的，他们有语言的炼金术。亚历山大·蒲柏有一个著名的说法：“内容是众所周知，表达却是空前绝后。”你叫任何人来写，都能写成这样，这叫平常；你叫任何人来写，都写不出这样，这就是不一般。言之有文，愉悦的阅读才有黏性。让自己和读者在散文里诗意地栖居，这正是散文家应有的追求。求之不得，寤寐思服，辗转反侧，不惧悠哉。

用言语所能照明的世界，才值得拥抱；能够照明世界的语言，才值得赏析。记者写散文，“新闻腔”很容易发生，诗性表达相对较难。韩晓露在摆脱“新闻腔”之后，走在“摆脱”散文味的路上。登临意，读者会。

向前走，不停地阅读，让人文阅读来潜移默化，应是作者的不二法门。我自己深感“买书如山倒，读书如抽丝”，那也不怕。好散文终归有赖于阅读的修养、阅历的素养、人文的涵养。

其实，只有好散文，没有好散文的准则；散文本来就没有不可打破的法则，到了一定的份上，觉得自己应该怎么写，那就怎么写吧，愉快地写。

其实，若让读者吸附乃至沉浸在散文里，看到比较真实，比较丰富，比较干净，比较温暖，比较愉悦，那就甚好。

韩晓露说，她要“写出一些让更多的人喜欢，更有社会意义和价值的作品来”。是的，这样才让人喜欢和欢喜。

打开窗，打开语言的门窗，打开心灵的气窗，打开思想的天窗——没有窗，哪有窗外。

徐迅雷

（徐迅雷系《杭州日报》首席评论员，浙江省杂文学会副会长，浙江大学传媒与国际文化学院兼任专家、浙江理工大学文化传播学院兼职教授；已出版《中国杂文·徐迅雷集》、《只为苍生说人话》、《让思想醒着》、《这个世界的魂》、《只是历史已清零》、《万国之上还有人类在》、《权力与笼子》、《温柔和激荡》、《杭城群星闪耀时》以及合著的《认知与情怀》等著作）

自　序

我努力寻找的优美而神奇的世界

我以为，我的散文是逐渐接近浪漫主义文学这一范畴的。这与我写的调查类的深度新闻稿不同，我在我的散文里苦苦寻觅一种理想的社会生活状态，描述着一种浪漫主义的生活态度。

如果说我的第一本散文集《心生愉悦》中这一倾向初露端倪，在第二本散文集《人间有味》里，浪漫主义的味道逐渐浓郁，那么在第三本散文集里，我的浪漫主义文学的色彩更为浓郁了。

我试图在喧嚣的尘世里寻觅这些人、事，虽然有点费力，但被我找到了一些，我把他们集拢来就成了这样的一本散文集《雅活》。

在这本散文集里，我所描述的生活没有太大的压力，我所记录的那些人物（包括我自己），他们在寻觅生活中的美和舒适——《闲敲棋子落灯花》；他们讲究互相之间的合作，努力摆脱旧体制的影响——《躲进月亮影子里的小楼》。在《雅活》的叙述里，偶尔会出现一些用瑰丽的想象和夸张的手法写作的类似于散文诗的文章，比如《遭遇城西的浪漫》、《西湖花语》、《剡溪江的越调里有最鲜嫩的春天》。

我在这本散文集《雅活》里强调了对妇女和儿童、对自然的尊重。那单身但生活优裕舒适的《紫嫣》、自得其乐的《胡丹》，我没有用世俗的眼光看这些单身的女性，而是用宽容的，甚至是带点审美的眼光去欣赏她们；我笔下的儿童，比如《子奇的画》、比如《清廖和奇儿》、比如《能婴儿》，他们甚至还带有一些奇幻和传奇的色彩。我爱这些人物。

我的这本散文集甚至还出现了一些对超自然和神秘学或者人类心理学意义上的探讨的端倪，比如《雅活 下午》。这些都是浪漫主义文学的一些特征所在。

我试图通过《雅活》这本书，告诉人们这样的一个世界，她优美而诗意，她充满着博爱、平等和自由，她有的时候偶尔会超自然，甚至带有些神奇。

这样的一个世界，她也许在你身边存在着，而你没有发现或者没有细细去体悟；也许她在很远的地方，需要凭借一些努力去追寻才能觅得；她也许根植于你灵魂深处很久了，而一直没有被你“唤醒”。

她是一个优美而神奇的世界，一个“理想国”。

韩晓露

目 录

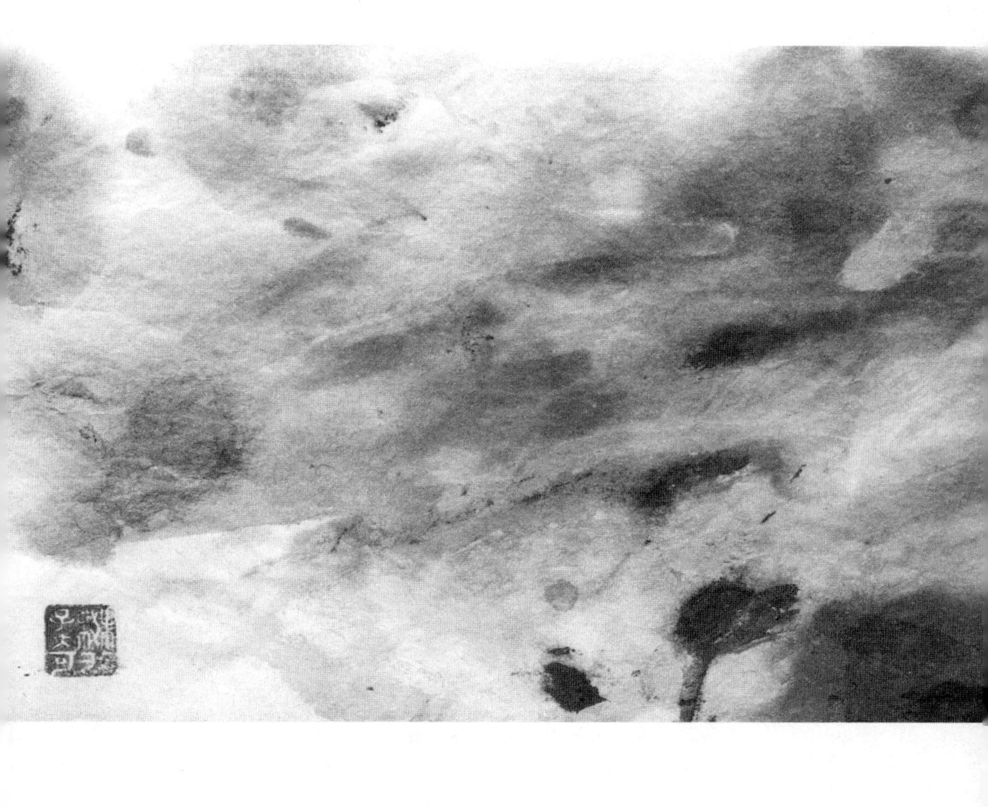

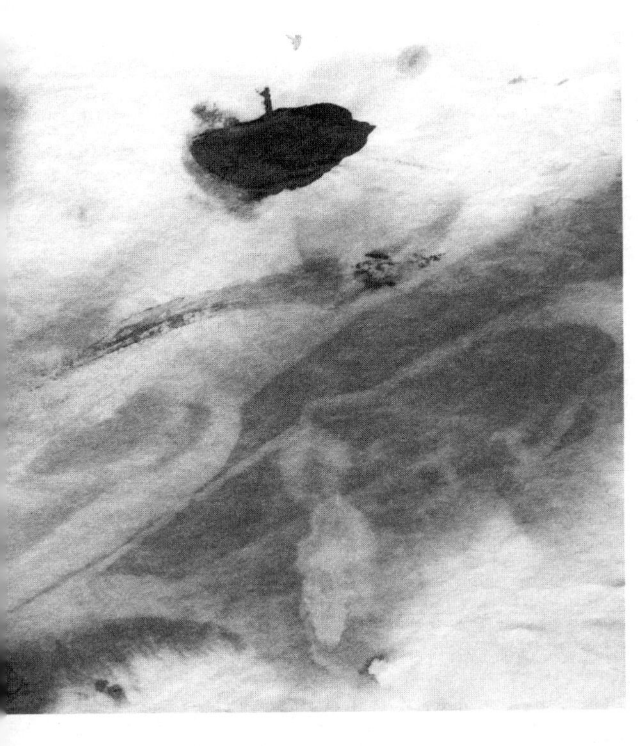

第一章 水的良善姿态

呼唤水的良善姿态

水是有姿态的，柔顺时它能穿越最狭窄的缝隙，滋润干涸的土地；暴怒时它能掀起巨浪，吞噬一切；炙热时它能化为气浪，灼伤冰冷的肌肤；冰冷时它能化为利剑，刺透坚硬的皮革。

这一切足以证明水是难以驯服的，狂肆时它比烈马更狂肆，温顺时它能用所有最温暖的词汇来形容。

浙江，这片温暖潮湿的地方，它因水而名，因水而美，因水而兴。

然而曾一度里，我们失去了水的姿态。

在城市，在乡村，在我们的生活中，它变得污浊不堪，我们无法与它亲近，看不见水里的游鱼，甚至不能与之嬉戏；在大雨后，它又是泛滥的，它四处流淌，将马路变成了最现成的河床；台风过后它又是狂虐的，能掀起巨浪，吞噬一切美好。

此时，水失去了美好的姿态，它变得疯狂、恶劣，无法亲近而可怕。

古语云，上善若水。然而，在当今，水之善已逐渐离我们远去。

美好的浙江失去了善水，我们在呼唤它的归来。

于是，在浙江，水的治理被列入了一项大大的政策里。

这就是“五水共治”。

一时间，每个关心水的浙江人，都在谈论“五水共治”这个话题。

领导们说，水，看似普通，然而却牵涉到行行业业，它是整个社会的血脉。

百姓们说，我们要求不高，只要能看见清澈的河流，能下水嬉戏，能饮用到干净清冽的自然水。

媒体说，水，自然生命之灵，产业靠它，生命靠它，环境的改善靠它……

治污水，防洪水，排涝水，保供水，抓节水……

在城市，一条条河流被分割管理，管理员叫河长。河两岸的污染企业有的将被停产，有的将被搬迁。我们希望若干年后能看见清清的河水再次环绕着我们，我们希望河里能看见鱼虾，就像小时候，天热时还能下河嬉戏而不污染肌肤。

水库建起来了，强大的蓄水能力，相当于4000多个西湖的容量，控制流域面积；海堤筑起来了，现有海塘堤防1.7万公里；60个县级以上城市建成了城市防洪工程；于是，不久的将来，我们希望台风天里，不再有洪水泛滥。“固河堤、疏河道、新开河、畅管网、除涝点、强设施”的措施，使得城市里的断头河、因各种原因被堵塞的河流再次被疏浚；不久的将来，我们希望大雨过后，马路不再变成大河小河，水涝不再成灾。

农村里，生活垃圾被统一排放，城市里，生活垃圾被分类。

不远的将来我们将看见干净的河流在身边畅快地流淌。

而那些被治理的产业将在若干年后转型成其他，将会有更出色的业绩和良性的发展，一些新的有利于环境良性发展的“大好高”的企业将被引入城市的发展范畴，整个产业将进入良性发展循环。

千岛湖的饮用水将引入城市里，我们的饮用水将一改以往的涩味，变得更为甘甜……

五水共治带来一片活水，一片灵水，一片圣洁温顺之水。

那时候，水的姿态是高雅的，神圣的，润泽万物的。

它不再暴烈，狂肆，不再污浊不堪，而是独具姿态地温润而优雅地围绕在你的身边。

江南这灵泽之地将恢复水的灵秀的常态。

此时的水将利万物而不争，再次成为至善之物。

在枸杞岛遇见不一样的你

我们从泗礁坐了不到一小时的快艇就到了枸杞岛。

枸杞岛全岛只有5.6平方公里，但是海域面积有1600平方公里，直走4.36公里，横走1.3公里，就走完了全岛。岛上的居民性格恬静，心胸开阔。

枸杞岛有两大特产，一个是贻贝，在岛上有万亩贻贝牧场。贻贝在苗绳上生长，苗绳吊挂在浮筏上，洁白的浮筏星星点点，色彩明丽的小船往来其间，从海岸上望去，海洋上的贻贝牧场里的点点白色犹如满缀在蓝色金丝绒上的银钉，煞是好看。一个是漫山遍野红色的野生枸杞，枸杞岛因为盛产枸杞而得名。我们到的前一天，岛上的贻贝节刚刚结束，我们到岛上那天，还能感受到些许余庆的味道，万里牧场上的渔船上有不少还结着红色的彩带，海滩上还摊着不少晒贻贝干的摊子，有电视台的朋友跟我说，他们还在那里录播节目，未曾离去，毕竟贻贝节对于这个小岛来说是个大日子。

岛屿的风景又与舟山甚至江浙沪其他海域不同，它被一望无垠的独特的蓝所包围，飘着朵朵白云的无染的蓝色天幕压着远方呈弧形的深蓝色海岸线，海的蓝和天的蓝连成一片，把最美的样子呈现给你看——蓝得沉静，蓝得澄澈，蓝得妩媚，蓝里甚至还透出些许紫色，如一大块冰种蓝翡翠，透着些许高贵典雅的意味。远方蔚蓝海面之上是一艘艘被油漆装扮得明丽的渔船，有一片云层围着一缕金色的阳光，洒落在海面上，让这无垠的蓝里闪耀着一片周边泛着一圈金色的耀目的银。海边常能遇见一湾湾黄色的沙滩，可以站在弧度很好看的沙滩边看洁白的浪花拍打着海边深褐色的礁石，礁石被斜阳涂抹成一片金黄。此番景象，像童话般纯净，甚是悦目。空气里传来浪涛拍岸的声音以及隐约的海鸟鸣叫的声音，悦耳。于是，深深吸一口新鲜的海洋气息，望一下远方，然后决定，住下来了。

你可以待上一整天，看海岸上的礁石怎么慢慢被斜阳染红，或者看鱼群运来蓝色水泡，这些欢快的鱼群也许同样会给你运来憧憬，也可以看海鸥飞翔，看海鸟纵越，让温柔的海风轻抚面颊，我在海边发呆的时候，写了一首诗：

没有主题的图画

潮水落下去的时候
有礁石裸露
风带来海的气味
远方的海鸟飞跃山峦
浪涛里有鳞片闪光
太阳洒下一片暖色后从山那边沉了下去
海翻腾起最小的浊浪
迎接这番变化
潮水累了
退到海岸边上
星星抖落一层粼光
给归航的船只指明了方向
最脆弱的是海边的那只贝壳
只在沙滩边留下一条淡淡的痕迹
躲身就到海的波涛里
成一幅没有主题的图画

站在这如诗的海边，于是，你就会想，在这里多待几天吧……

有不少年轻人也如你一样，有住下来的冲动，有一些，甚至有住上十数年不走的想法。

他们就是这座岛上的新住民——一些有意思的民宿的主人。民宿的主人大多是80、90后，他们在岛上改造了老旧的渔家宅子，请来都市里的设计师，围绕一个主题建成地中海式或者美国乡村式的怀旧模样，建成“面朝大海，春暖花开”的样子，静静地邀约着来自喧嚣都市的你来这枸杞岛过一段惬意的慢生活，享受小岛的美好时光。

我们入住的慕沙民宿的主人，是来自杭州的80后的小伙子胡晓军。他第一次来这小岛，就迷上了这片独特的蓝。来枸杞考察了三次之后，他就决定辞去杭州待遇丰厚的物流公司高管的工作，来这座小岛开民宿。他和他的两位岱山的朋友合股开了慕沙民宿。慕沙民宿的基调是美国乡村怀旧风格，慕沙的宗旨是“梦想旅店”。原木的家具，老旧的吉它，怀旧的暖色灯光，推窗即能看见大海的房间。每天枕着波浪，看着星空，闻着海腥味入眠。早晨起来，民宿里入住的客人遇见的是胡晓军温暖的笑脸，如果凑巧你起得早，而且愿意的话，他可以带着你去附近的大王沙滩赶渔场早市。一艘艘渔船载着满舱的海鲜在海边交易，你可以扯着大嗓门和渔夫们砍价，买上一两只螃蟹或者一网兜贻贝回来撸起袖子在慕沙民宿的厨房里给自己做一顿早中饭。然后，温和的胡晓军会叫上岛上最热心的司机给你开一天的车，带你去岛上的风景点诸如东崖绝壁去看日出，去山海奇观感受海岛最辉煌的一段历史，看夕阳把余辉尽情挥洒在万亩牧场上。有的时候，他也许会一热心，帮你把某天的出租车费都给付了。如果你喜欢海钓，他会陪着你去岛上最好的海钓点海钓。如果你运气还不错的话，也许可以钓上一条鲜活的青郎鱼做你的晚餐。吃完晚饭，你可以和胡晓军在露台上聊天，听他讲海岛的故事，任海风拂面，可以聊到很晚，看月亮升起在深蓝色的天幕里，看点点的繁星渐渐亮起来，迷离眼眸。就这么几天下来，就会把所有来自都市的喧嚣和烦杂统统抛弃在脑后，也许皮肤会晒成健康的橄榄色，然而离开岛屿时的心境会被海风吹拂得没有一丝浮躁。

和岛上很多民宿店的主人一样，胡晓军在海岛旅游淡季的时候会离开枸杞岛回杭州，直到来年旺季的时候再回来。淡季的时候常来的是几个熟客。无论淡季和旺季店里客房的价格都不太会改变。

开民宿改变了胡晓军的生活状态，他从都市的激烈竞争里挣脱出来，享受了微城的慢生活，他说他在这里遇上了另外一个自己。接下去他还想再在其他的地方开几家。开民宿，将是他和他的朋友们接下来的一种生活方式。

很显然胡晓军是浪漫的，这里有他的梦想，就如他开店的宗旨所说的那样，“这是梦想客栈”。不仅他自己圆梦，来店里的客人也可以在此圆梦。

在岛上另外一个角落的“三不”主人的民宿开得更为浪漫，店主来自江苏无锡，是一家银行的会计。她来这里旅游了一次之后，就爱上了枸杞岛。在不到两周的时间里，她作了精密的预算和规划，然后就决定离开丈夫离开两个女儿，在枸杞岛上开民宿。虽然家里人反对，但她还是义无反顾。她说，因为马云说过：“梦想可以有，万一实现了呢？”于是她第一期投资280万，把老房子全拆了重建，把一楼露台开成星巴克的模式，在那里可以听听乡村音乐，要上一杯咖啡，在大伞下面对海滩，看那湾碧蓝，看潮起潮落。在这里，每一天碰到的事都不同，遇见的人每一天也都不同，她相信最终她所追求的都会实现。

阡陌是枸杞岛上开得最早的一家民宿，在岛屿最美的一角，面朝万亩大牧场。阡陌有三个合伙人，阿兵、小豪、老秦。阡陌里面不仅有温馨浪漫的咖啡厅，还有棋牌房、桌球房，顶层的房间屋顶和墙壁全透明，能躺在床上仰望星空。小豪和老秦从重庆过来，同样爱上了这片海。本地人阿兵原本是岛上的公交司机，他会开着阡陌巴士，带你上山下山去看大海。接下去他们想在边上再开一家阡陌的分店，虽然开新店在批地的问题上遇上了一些小小的麻烦，但是他们相信慢慢地走，一切都会翻越过去。

类似的民宿有很多，以前枸杞岛盛产枸杞，现在枸杞岛上漂亮的民宿成了一道独有的风景。

开民宿给小岛带来了大量的人流，这些民宿在旺季几几乎天天客满，民间流传一个段子，说是有一次，有客人要来住岛上民宿，但是客满，客人甚至提出是否能出100块钱在民宿阳台上露宿一晚的要求。枸杞岛上如雨后春笋般冒出来的民宿，不仅给枸杞岛注入了鲜活的生命，还带动了当地的旅游，故而受到当地政府的大力支持。

我们离开岛屿的时候，还去网上出名的绿屋走了一圈，绿屋是一个消逝的村庄，建在临海的一个小山岙里，密密麻麻的都是两三层高的废弃的楼房。夏季的时候，房子上爬满了碧绿的爬山虎，绿屋由此出名。20世纪五六十年代，这里还被称为小台湾，七八十年代的时候，这里的村民还甚是富裕，如今，我们去的时候，村里只剩下两户人家，一户在山岙底部，一户在山岙顶部。山岙顶部的一户人家，我们上山的时候，家里只有一位老阿姨招呼着我们买水喝，而住在山岙底部的那户温州人，还有一片绿油油的蔬菜地，一年10多万的收入，日子在岛上还算滋润。村落在七八十年代的时候，由于近海的渔业资源还非常地丰富，村子所在的海湾靠海捕鱼就能过上富庶的生活，但是到了90年代初的时候，随着当地政府实施“小岛迁、大岛建”的政策，教育医疗等公共资源向大岛集中，村里的人逐步搬迁到了更为富庶繁华的嵊泗本岛或者舟山市区，年轻人出岛后去看更广阔的世界。

绿屋现在出了名，来绿屋参观的游人络绎不绝，成了岛上一道独有的风景，每一个游客到绿屋的心情大多不同。我看见一幢绿屋的残垣上有80后贴的英文，大抵是有一颗浪漫的心的意思之类的。

沧海桑田，曾经有过的富庶成了断壁残垣和层层叠叠深深浅浅被绿色包围的灰。

村中的风物成了岛上络绎不绝的游人必看的一道怀旧的风景。

小岛上的所有，欣欣向荣的也罢，曾经风光如今衰落的也罢，总让人感慨，诸如绿屋和民宿，彼此相隔虽然近半个世纪，但在生命的深处，却有着无尽的关联。

但我相信，在岛上遇见的不同的你，总是会相信人生终会珍惜花开，不怕花落，走过曲折，越过沙丘，每一天，都要比昨天更辽阔。

鲜活西塘

西塘在热闹中迎接我们的到来。

2015年国庆长假的时候，我们在古镇的烟雨长廊里走着，居然遇见路堵，一大波的游人把烟雨长廊前后围得水泄不通，我们花了整整10分钟的时间才侧着身子走过最拥挤的一段仅仅五米长的路。然后在人群的蠕动中，看见河岸边上有名的百年老店——西塘管老太臭豆腐的小摊前排队买臭豆腐的人群居然拐着弯进入了一条小巷，而且还在小巷里延伸出很长一段。不仅是管老太臭豆腐摊，一路过来的各种小摊前一律挨挨挤挤，人群攒动。虽然心里早就有准备，但是迎面遇见的西塘繁庶拥挤的样子，还是让我们感到颇有些意外。

然而，在这熙熙攘攘挨挨挤挤里所见的西塘在我们眼里看来已经很现代化了。

记得2006年汤姆克鲁斯在这里拍了一段街景作为《谍中谍3》的片中一段，那会儿西塘还没有完全商业化，镇上的居民还能拎着一条从河里打捞上来的大活鱼从烟雨长廊的东头漫步到西头。九年后的西塘，完全是另一番模样，我们能在树影婆娑的小镇青砖上嗅到些许现代化的商业味儿，它们有些快节奏的感觉。这里除了阿汤哥的巨幅照片，还有不少时髦的商业符号，比如沿河道林立的酒吧、咖啡吧、卡拉OK厅，以及铺着榻榻米、墙上挂着萨克斯的各种带着欧化味道的住宿小店，这些现代味十足的小店的墙壁上还会写着一些诸如“发呆一天，想想会遇见神奇的我”、“买我店里的东西，我就嫁给你”之类的用卡通字符写的一些浪漫的或者无厘头的话，这些话显然属于年轻人的。

然而水乡还是有古老韵味的。

脚踏着的青石板铺成的小街，街角的那一块块布满短纹的边角的石头。街角两边高高的青灰色的墙，青灰砖墙上还有被雨水浸湿的墙缝，墙缝里可能会有一抹苔藓或者几株暗绿色的小草……小街上那些面朝河流的老门楼，门楼门口的石狮子，以及坐在门口梳着古老发髻的看来往船只的老阿婆，河埠头上被缆绳摩擦出的每一道印痕……这些原始的符号时刻在提醒着我们，身在古老水乡。

不仅是这些符号提醒着我们身处古老水乡，还有一些至今流传的西塘古老的故事，也同样带着岁月的黄色叙述着历史的沉重。这些古老的故事带着浓重的江南味儿，流传至今。它们还活在现代戏文里，活在每一个西塘人的心里。倘若坐在河边和一位西塘老人唠嗑，或许他能带着浓重的乡音讲上一两个西塘古老的故事，与你分享古镇古老的秘密……

我在西塘这些窄小的弄堂里转的时候没有看见花，据说早一些时候有整株整株的花开放，有桃花、杏花还有梨花……古老的西塘被这些曼妙的花儿一衬托，就让一些浪漫的诗人扯开漫天的想象，想象当年大户人家的小姐倚靠河岸边顾盼多姿、浪漫多情的样子。不过也真有一些大户人家小姐的浪漫故事成经典的。比如“五姑娘的故事”，讲的就是杨家大宅的五小姐爱上了她家的长工的故事，当然最后五小姐还是在家族的反对中绝望跳河自尽，这位长工也被挑断了胫骨，结局颇为悲惨。但是富家大小姐爱上长工这样的故事显然是有浪漫的元素在里面的，于是，后来本家是西塘的大戏剧家顾锡东老先生就写出了一出五姑娘爱上他家的长工的越剧《五姑娘》在各大城市上演，至今流传。为了纪念这段浪漫的故事，后人还筑了五姑娘的塑像在西塘入口处。这故事至今让人唏嘘不已。现在的西塘，我看到的更多的是富裕起来的小镇人在自家门口经营一些有意思的小店，然后有女儿的招婿上门，这些女婿自然来自五湖四海，虽然不是长工，但是也有合伙经营的意味。这也是五姑娘的现代版，不同的是，结局是大团圆的喜剧。现代化的古镇，没有门第观念，也没有了本地人的概念，打开古镇的门，五湖四海皆朋友。

我们在镇上转的时候，也看见一些老门，门边的墙上偶尔会爬一些绿色的藤萝，藤萝的影子飘落在小街青砖上，颇有些沧桑感。跨过老门的门槛也许就是一户有点故事的大户人家。他们可能是陈宅、也许是王宅、也许是朱宅，这些西塘以前的大户人家，如今还剩下一些旧物摆放在老房里，供人参观。我们在那里常常能从探口的一个小门里进去，然后见到里面的三进三出的大庭院，颇为气派。这些大户人家家里还有一些诗书遗物摆放在玻璃柜里，西塘自古是出读书人家的，据说出了好多进士和举人。庭院里曾有的雕梁画栋、青砖粉墙，就只留下一些带着青苔的痕迹让人遐想曾经有过的繁华。大宅子所处的一些巷子也是非常有意思的，诸如石皮巷、油车弄、柴炭弄、米行埭、灯烛街之类的。我在仅一人能通过的石皮巷深处看见一户旧宅翻新的现代大户人家，家里陈设着各种红木家具和玉器、瓷器等贵重古董，门口写着“私家收藏”的字样，很是气派，既有古韵又有现代的意味，颇为耐品。

当我们走完小镇的最后一条青石板路的时候，小街上空的夜色晚了，人群依旧熙攘。偶尔还能见一两位阿婆在河埠头洗菜洗衣服，但大多数的小镇人家已经用上了自来水。

然后河两岸很多民宿的门关上了，灯亮起来了，各色灯光映在河里，一片璀璨。沿河的酒吧开始热闹起来。

古镇的夜生活就此开始。

也许，可以遇上一两个精彩的故事，把它带出小镇，这个故事如同西塘的今日般鲜活，它能让这经年累月的江南小镇在心里生动起来，显然这故事是既古老又现代的，而且是属于你和西塘的。

从“躲婆饼”和“孔乙己茴香豆”说起

到绍兴老城的时候，天空飘起了毛毛细雨，老城的墙上有不少后人临王羲之书帖的墨迹。秋日的雨，合着秋风和斑驳的墙壁，以及“小桥流水人家”，倒没有萧瑟的感觉，却有几分苍劲古朴的书卷味。

沿着老街走到书圣王羲之的故居，路过题扇桥。看桥头有哈着腰让书圣题扇的老婆婆和欣然题扇的穿长衫、戴巾帽的王羲之的塑像。这位老婆婆的故事是被好多文人所津津乐道的。想当年王羲之自七岁开始刻苦习字，得卫夫人的真传，腕力劲足，力透纸背，据传他写在板凳上的字能渗入木板三分，功夫至深。他的字又得唐太宗的喜爱，唐太宗临死之前甚至把王羲之的《兰亭序》真迹带入自己的陵墓陪葬。王羲之的字帖虽然失传，但被历代君王所推崇，代代临帖。乾隆皇帝还特意题诗拓碑一块，不远万里，不惜花费大量的人力、物力将碑石运到江阴，也就是当时的绍兴。乾隆皇帝的题诗中不仅赞美了绍兴山水之美，而且称誉“书圣地位不易”，也就是说王羲之书圣的地位不再改变。题这句话的原因在于当时众人对于王羲之议论纷纷，认为他最著名的字帖“兰亭序”既然已经失传，那么书圣地位也就不再了。但经乾隆的御笔一题，王羲之“书圣”地位再次巩固。一位书法家能受到几代君王的重视，可见其影响力之深广。

王羲之的书法有名，在当时的绍兴是妇孺皆知的了。有位出生草根的婆婆很有商业头脑，她在那会儿就知道运用王羲之的知识产权为自己谋求生路。就是那位被后人塑了像立在桥头让王羲之题扇的老婆婆。

老婆婆首先想到的点子是求书圣给自家做的扇子题字。为了求书圣题扇，这位老婆婆一次次上门求讨。王羲之后来烦她，到处躲藏，故而这位老婆婆有了一雅号，“躲婆婆”。后来躲婆婆终于找到自谋生路之法。做了各种口味的酥饼求王羲之题名。王羲之品尝了躲婆婆做的酥饼之后，欣然提笔命之“躲婆饼”。书圣一题字，“躲婆饼”就名扬天下了，直到今天，王羲之故居门口还有一家小店在卖10块钱一盒的“躲婆饼”。我买了一盒品尝，只觉得“躲婆饼”和普通的夹心酥饼大体相同，只是在口味上比一般的酥饼更质朴、香醇一些。但是因为王羲之题名的缘故，这款酥饼直到今天还有生命力。

“躲婆饼”可以称得上是最早的文化创意产品之一了。这位著名的“躲婆婆”要是能活到现在，说不定能成为商界的风云人物。“躲婆婆”营销知识产权的意识在千年后的今天看来还是颇有些趣味的。

在绍兴古城还有诸多此类的故事，比如“孔乙已”的茴香豆。

鲁迅笔下的孔乙已，穿着长衫，常常欠咸亨酒家的银两，鲁迅将孔乙已在柜台上摆上几文钱买几颗茴香豆下酒的寒酸模样刻画得入木三分。这篇让人感慨不已的《孔乙已》被选入了中学教材，而“孔乙已”到今天也成了绍兴最有名的“茴香豆”的品牌。咸亨酒家也故而一直生意兴隆，甚至还开了咸亨系列酒店。到绍兴古城旅游的人不去咸亨酒家喝一碗热黄酒，要一碟茴香豆，是不算到过绍兴的。咸亨酒家临街的那部分，至今还保留着长条的板凳和高高的柜台。风格一如鲁迅笔下所描绘的，文人的骨骼和力量成了商品经济生存至今的一种养分。

这“孔乙已茴香豆”、“咸亨酒家”也算是文化创意产品的一种了。鲁迅小说的知识产权被聪明的绍兴人运用得恰到好处。

在当下多元的社会里，文化对于商品经济的滋养作用是很明显的。而那些有了文化底蕴的商品似乎也有更为持久的生命力。比如“躲婆饼”和“孔乙已茴香豆”就是明证。它们虽然算不上强大的商品经济的种类，但生命力顽强，而且诞生自草根。

这是一件非常不容易的事情，是文化的力量，让绍兴人做到了。

所以说，在绍兴，即便是草根商品也有着浓郁的书卷气。

这是我喜欢绍兴很重要的原因之一。

绍兴人一直沿袭着儒雅的文风，对于文人和文人作品的尊重是自古有之的，且在当下物质至上的世风中也是竭力沿循的。

今年的绍兴黄酒节，主办方就让我的老师——著名作家黄亚洲用他独特的毛笔字写了长长的一段文采飞扬的贺词。这虽然算不上文化创意产业的一种，但也是绍兴传统商品借文人之作增添自家品牌内涵的一种典范。可见文化人在经济发达的今日绍兴依旧有着很高的地位。

再比如祖籍绍兴的杭州企业家马云，他的企业“阿里巴巴”就取名自《天方夜谭》里《阿里巴巴和四十大盗》的故事。这里就有拿来主义的精神了，在马云起步的时候，用“阿里巴巴”这个连三岁小儿都知道的故事来给企业取名，很是给刚刚起步的企业助力，阿里巴巴的故事“寻宝藏”也与后来的阿里巴巴旗下的“淘宝”网一脉相承。这也是运用了文学的影响力，将古老的西方民间故事拿来为企业所用。时代进步了，绍兴的躲婆婆借的是本地绍兴书圣的知识产权，马云借的是西方《东方夜谭》的知识产权。比躲婆婆晚千年的马云视野更为宽广，故而马云的企业现在收购了雅虎后又和软银公司合作，还在美国上了市。这与起步时的好名字分不开，运用文学典故初步将企业定位，不得不说文化内涵之深广，意义之远大。加之“阿里巴巴”这个名字有国际范，所以他的企业借文化之力就颇具国际化色彩，故而跨越去了大洋彼岸，颇有点“借舟楫而绝江河”之味。马云公司的取名也算是文化创意的一种了。而这种知识产权的运用是不会有国际纠纷的，因为《东方夜谭》的作者已经作古多年。所以马云实在是一个聪明人。

千年前的躲婆婆也是一个聪明人，那会儿也没有知识产权法律保护之类的说法，故而躲婆婆没有陷入麻烦的官司。

但是文化创意产业借知识产权的力搞不好，是要出问题的。

早几年我就出席过一场新闻报道会，一位专门为美国白宫打官司的美国律师也出席了此次报道会，讨论的就是知识产权的问题。当时会上提出不少国内企业因为缺乏知识产权的法律意识，把一些西方的文化产品硬生生地拿来给自家企业使用，以致惹来一身麻烦。西方对知识产权保护的法律有多条，且戒律严格，这点在中国人这里似乎还没有得到重视，也没有规范化。中国的知识产权保护法也与国外的知识产权保护法不同，所以文人尤其是作家常常会被侵权。

但是有不少文化人也认了，毕竟是给作品作了推广，至于生意人赚了多少钱去，文人一般也不会去计较。但是尊重文化的商人，或者自身具备较高文化素质的商人是很容易取得巨大的而长久的成功的。比如绍兴人马云，他后来甚至请来著名音乐人高晓松作为合作者推出阿里音乐集团。从本质或者最初来讲，马云并不是商科出身，他读的是英语专业，所以马云自身有着深厚的文化底蕴。马云的阿里巴巴在思想上走在了很多企业的前列，思想有多远，就能走多远。所以马云的阿里巴巴在今日是如此耀人眼眸。

从长远来看，不管生意做得如何之大，商品还是需要文化的根基的。有了强大文化支撑的商业产品才会有更为强大的生命力。就连“躲婆饼”和“孔乙己茴香豆”这类草根商品都如此，更何况其他?

所以说，文化是商品的灵魂。

这点，绍兴商人是深有体悟的。

剡溪江的越调里有最鲜嫩的春天

这雾蒙蒙的春啊，这鲜嫩的绿和粉嫩的红以及所有滴着清水的鹅黄，有一条江流淌千年，将文人之间的轻薄写在了史册上。这千年的剡溪啊，将文人最爱的模样，谱写成爱情的篇章，让美妙的女子传唱，蔓延到整个南方。

那一年是1923年。所有的江水似乎都唱着越调，由最初单调的“的笃板”演化成徐派、王派、傅派、范派、尹派、袁派、陆派、金派，从一个叫施家岙的地方飞出来，婉转地唱着红楼梦、梁祝、碧玉簪、西厢记，那个叫王金水的男子组建了全国第一家女子戏曲班，从乡村的角角落落寻找那些娇媚的容颜，纯真的笑脸，然后建起有着弯弯的飞檐和两层阶梯的小木楼，席地铺上棉花被褥，日夜教授她们如何甩水袖，如何涂脂抹粉，如何把唱曲婉转成黄莺的啼叫、清澈成剡溪的模样。然后用银洋、戒指、旗袍和皮鞋把她们装扮成摩登的姑娘，让这土生土长的江南调子涂抹上旧上海的奢靡风华。

如今，它有了另一种的模样。这个春天，昨夜我还梦回西厢，今日却在嵊州剡溪边的中专艺校里。于是，再见红楼小景——这精致的亭台楼榭，曲水漾漾，越剧的唱腔里有江南的惆怅，一曲回廊，看桃红柳绿、水袖与粉墨、旦角与小生轮流登场，小梅花班和传承班的这些少儿郎，是怎样的一种可爱。这样的学校，怎么不会有婉转的唱腔，让梦幽长。唱一曲红楼梦葬花，就把风华披在柳芽上，那粉嫩的唱腔，已把春天的诗行写在了戏台上。

何止是小梅花班和传承班惹人喜爱，甚至我还看见了飞瀑的春天，它也有了人的姿态，这百丈岩上的瀑布在身上开了花，一片片像马蹄莲的样子，人在飞瀑边上微笑，花蕊样的迷离，雨打芭蕉叶，风吹走一片水，这片水激昂的样子，像最初的依恋。就像把一朵鲜花埋在石头底下，就像马寅初最初的拍案，那些让水激起浪花遭遇黝黑的岩石，早已像黑白棋子散落山间，那是马晓春的棋盘落下的暗格。王羲之曾经的酿酒池飘满芦花，把千年前的情谊，用一泻千里来表达。看那山崖间绽放的粉红的山茶花，照着水波的影子，让明媚再添红光，把轻纱披在了绿蕊上。有一种激昂，好像要改变山脉的方向，那是云飞起的地方，梦开始远行，飞瀑已经有了人的情状。

还有那天然的养生碳酸温泉，雾气缭绕山间，如画般的美丽。把牛奶、橄榄、玫瑰、红酒撒在热腾腾的剡溪江里，中国美院教授设计的池子形态已将春天紧紧包裹，飘逸在山的腰间，泡在池中，恍若腹背浸泡在琼浆，玉液流淌在腰间。出水芙蓉已唱响幽幽的越调，就像书圣喝了剡溪江的酒，随手将最美的诗篇写在了剡溪江水制成的宣纸上，然后被某一朵梅花悄悄吟咏成通古的样貌。

百丈岩下满大街晒着的干菜，竹笋和一筐筐挨家挨户搜集来的土鸡蛋。那新鲜美妙的滋味，要佐着最嫩的春天，碧绿的苦丁茶汤吃下，这样才可以消去城市里长出来的满身的油腻，于是身子骨就像这剡溪水那样的淡、那样的清，就像越调那样的雅致那样的晶莹。

若问嵊州除了这些还会有些什么，清澈的山泉会告诉你，无尘的空气会告诉你，它比“农夫”更甘甜，更清冽，装一瓶子回去吧，足够洗清城市里所有的雾霾和愤懑。

也许，这些清澈的水能够让类似于我的老师黄亚洲那样的诗人再写出更多的诗篇传唱，会让如今的“王羲之”们用剡溪的水研墨，挥洒出一条文化创意产业链。

所有的新鲜就是资源，所有的美缘于未曾污染的清澈。

剡溪长啊，剡溪清。

从“不弄山阴时”到“春天的核心”。

它已让越调飘满南方，已让鲜花开满山崖。

梦在此掉了衣链。

有了飞腾的方向，春天开始展现最鲜嫩的模样。

带走百丈岩的滋味

那天，阳光很好，看完百丈岩的飞瀑，我们行走在飞岩之下。看尽青山绿水的双眸突然遭遇了一种独有的风情，空气里飘来一股植物晒干的气息，有些农家在百丈岩底下售卖着干菜。那种绍兴地区特有的干菜和萝卜干还有笋干，被太阳晒干后带着大山的味道，迎面向你扑来。这些一溜儿在百丈岩下整齐排列开来的历经山岚和日晒的越地特有的植物，以极其新鲜的样貌吸引着你，当然这种新鲜不是说它能滴水的新鲜，而是那种城市里的腌菜所没有的独特滋味。

我上前撮起一些放进嘴里品尝，这滋味淡而清香，不太咸，有嚼劲，而且似乎还残留着一些太阳的味道，仿佛刚刚烤晒完毕，新鲜的干菜魂还没有完全被曝晒掉。我忍不住买了一些盛在塑料袋里，边走边吃，这比超市里卖的那些用塑料真空包装袋装的萝卜干或者干菜滋味要醇厚多了。甚至能品咂出一股淡淡的橄榄味来，很是诱人。

走到百丈岩边上，农家开的小店里还在售卖的苦丁茶，可以消脂减肥，这苦丁茶极其新鲜，嫩绿色的样貌让人想起初夏的模样，那种淡淡的颜色是调色板上的一抹俏色。用极清澈甘甜的剡溪水来冲泡，淡而醇厚，让人想起阳光和百丈岩石的瀑布还有百合花以及初夏的茉莉。

走累了，路边的农家摊殷勤地招呼着你，用那些挨家挨户挨个搜来的土鸡蛋款待着你的味蕾，温暖着你的胃，让你想起很久以前的一首江南老歌。

这剡溪江边百丈岩的滋味啊，我把它塞进了嘴里，带回了家，它甘甜清冽而醇美，要比夏天的阳光和绿色更美。

回想起来就有甜味。

在湖州，幸福是那样的自然

因了交通旅游导报组织的“小记者大作家走进湖州”的活动，我再度走进了湖州。

我们到湖州的时候，先来到了太湖边。浩渺太湖，似海非海，似湖非湖。

见太湖南岸有一弯弯似半轮圆月的月亮酒店。巨形的弧度弯曲在太湖之上。它的倒影倒在湖水里，影影绰绰，非常好看。据说住在这幢高达100余米的喜来登酒店的底下几层，如坐船在湖上，能感受湖水拍打玻璃窗的浪漫。

同行的几位小记者看见这湖上升起的大半轮明月很是欢欣，他们在酒店边上集体跳跃留影。

我们一行走在太湖岸边，见湖岸边上芦苇萋萋。有几处芦花开了，衬着浩渺湖水的背景，几多趣味。芦苇杆被冬日暖阳晒着，散发出很好闻的干草香味。

有几个小记者的父母说要在水边打水漂玩。孩子们不懂这些古老的玩法，他们现在知道的是变形金刚和各种电子玩具。这些带点野趣的玩石头的方式他们从未玩过。于是用笨拙的小手捡拾起岸边的石块，往湖水里扔，溅起一身的水，然后再“哈哈哈”地笑着，四散了开来。那番大自然赐予的童趣是他们在电子玩具里从未体味到的。

我们这些大人光是在太湖湖埂上走上一小段，就很是惬意了。听湖水拍岸的温柔的声音，眺望远方的那一片澄清，感受着这一方大湖给予心灵深处的静谧。

有湖的地方就有和平。虽然自古湖州就是三省交界之地，是兵家必争之地。

到了和平富裕共生共赢的现代，战争年代的硝烟已散，生活是甘美的。

然后我们一行去了湖州治超站。见治超站的工作人员在那里治理超载超速。小记者的提问居然很专业。这治超站的工作也是为了维护一方的行路安全，是和平年代里的一种维持必要安全秩序的工作。

晚上，我们入住安吉，在周围一片葱翠的竹林里，孩子们听了一场同去的儿童作家朱小莉的讲座。有提问有互动，很是热烈。

清晨，太阳出来了，照在葱翠的竹枝芽上的冰霜上。空气很清新。

我们感慨，在这片青山绿水之地，有如此完好的植被。比如千年的古樟，它们成排地站在公路边上，被阳光洗礼。有一些被修剪过了，齐刷刷的样貌实在是美丽。

还有安吉山坡上成片的白茶，据说现在光“安吉白茶”这个品牌就价值上亿了。

那些保留完好的植被，泽被了后人，当地的居民，仰仗着这些古植物，就能过上好日子。

孩子们在这些绿植前跳跃着留影。在湖州安吉看见了久违的蓝天白云和清澈见底的溪流，贪婪地享受着大自然赐予的一片野趣和生机。

我们走进安吉余村。十多年前，村民关停了村里污染严重的厂家，保护生态资源，发展旅游经济，开发山林资源，把大批山里的竹笋、白茶等土特产加工后销往外地，生活过得有滋有味。

同去的小记者们在村子的文化大礼堂里嬉戏玩耍。他们看着村民晒在礼堂墙上的幸福的合家照，有几个小记者问我们这几位大作家有何感想，我的回答是:“村民的生活幸福得可以写诗了。”

然后我们在余村的农家共进午餐。端上餐桌的猪、羊和鸡都是山野放养的，完全绿色的，有特殊的香味。满满的一桌菜被我们吃得只剩下光盘，连一点菜根都不剩下。

在座的一位当地公路局的干部说，她的母亲是当地的农家，政府帮着盖了大别墅，现在全家都住在别墅里。整年吃自家种的绿色蔬菜，各种身体不适的症状都消失了。村里又通了公路，去单位上班，一踩油门，七分钟就到了。

这样的幸福，这样的生活美感，也只有在青山绿水的地方才能享受到。

我们此行也见过一道战争的长廊，那道关卡，文天祥曾凭恃“一夫当关”过，如今已经爬满了绿色的植被，完全成了一道供后人瞻观的景观。

先人付出的鲜血和牺牲，换来的是后代的幸福。

而且和平年代的幸福，来得是那样的自然。

我想着同行的那些小记者，不知等他们长大后的某一天，翻看这些电子版的照片时，是否会回忆起山野的绿色和弥漫着的植被的香气?

而他们那时的生活，又将是怎样的一番样貌?

第二章

还有诗和远方

在松江看见不一样的风景

在松江，这个上海文化发源的地方，我聆听了一场非常动人的诗歌朗诵会，它是由我的老师黄亚洲带来的。那个下午，我听见一种非常悦耳的声音回荡在华东政法大学小礼堂的上空，这个声音有关于长征，有关于茉莉花，有关于大运河，有关于小牛犊，有关于历史、生命和传承。然后，我看见一个有着像梅花鹿般纯洁双眸的女生给黄老师送上了一束睡莲，这场面洁白温馨，让人想起月光下鲈鱼的跳跃，想起一个有关吕洞宾下松江尝鲈鱼的传说。

然后掌声响起来了，我看见有人的眼角闪烁着泪花，一点点，像星星一样，也许这泪花里有历史的盐分，也有时代的苦涩。

礼堂里人头攒动，这所中国极为优秀的政法大学的学生的一部分，正在经历着一场心灵的洗礼，这是诗歌带给他们的，也是黄亚洲独特的诗歌语言魅力带给他们的。

朗诵会结束后，我和很多来听诗歌朗诵会的朋友坐上大巴，去一个名叫泰晤士小镇的地方参观。这个小镇的建筑结构非常神奇，有一些建筑样式是我未曾遇见过的。

然后两个新鲜的声音把我带出了小镇，其中一个谈论着一门学问，这门学问听起来像一棵树，有很扎实的根和丰富得像毛细血管那样的枝丫，仿佛要把所有的二氧化碳都吞入体内，然后再吐出氧气。接着我看见了一些非常前卫的符号，它们在这个季节里，就像生命里神奇的节奏，把希望的花吹成一朵朵喇叭，齐崭崭地在我的心里开放。

于是让我想起一些鲜艳的颜色，也许是松江，抑或是上海或者是更多地方未来的颜色。

又到春老夏初时，青年画展上遇吴山明大师

春末夏初，新绿老了，树叶深绿了，一句感叹，又到春老夏初时。收到文联邀约，参观美术馆第六届青年美术作品展。从西湖一路走去，路过一公园、路过柳浪、路过军区大院，但见其间深深浅浅、浓浓淡淡的春色。

因贪春色，到了美术馆，开幕式已经结束了，但见展馆内，作品挨挨挤挤，有中国画、油画、版画、雕塑、水彩画、粉画、漆画、综合材料绘画……作者的年龄大多在45周岁以下，展出作品据说有878件。

这些美丽的作品如窗外的绿色般，既老还嫩，欲将这世间的

美好以各种鲜亮的姿态表现给你看。

其间见到许多美女画家，长发披肩，袅袅娜娜地在自己的巨幅画作前留下巧笑倩兮的丽影。

在这些靓丽的青春身影里，忽见一白发老者，再细看，原来是著名画家吴山明，他正甩着自己的一头鹤发给年轻画家们讲解着什么，那股专注认真的劲，颇让人感慨。那些听讲的年轻画家亦双手垂立，毕恭毕敬。

想起来与吴山明大师有过颇多交往，也仰慕他的作品和他的为人已久。我在中国作家书画院浙江分院帮忙时，曾多次与他电话联系，也去他吴山脚下的画室拜访过，但觉画家之专注于画业之精神、执教严谨之精神，亦多让人感慨。

后又听我的老师黄亚洲谈起这位画界泰斗，亲切中亦颇多敬佩。

这次青年美术展上，见他给青年画家悉心指导的模样，而且还言语幽默，颇有趣味，又生一番感慨，如此大师竟然没有一点架子。

想来，出身于书香门第的吴山明年少时与吴茀之同住一楼，后又与潘天寿、诸乐三等前辈接触，浸濡浓郁的艺术气息。后在美院求学时期又受浙派画系的影响，得益于徐悲鸿的写实、素描表现现实的风气，复又在日常生活和传统中寻找出路，最近又提出“重返单纯的”的理念，近来又有学者将吴山明先生纳入当代中国画文脉一支，有冯远、许江、薛永年、陈传席、范景中等画家、学者为之揄扬。

采访结束，在美术馆门口与吴山明先生握手作别，说是老相识了云云。

又聊起我的老师黄亚洲在7月初的一场个人诗歌朗诵会，问我在何处云云。

依依惜别。

只见鹤发如云，潇洒离去。

看着远处渐老的春色，想着刚才观看的生气勃勃的青年画展。

感叹，春老夏初。

谁言此时青黄不接？只见一片葱绿，一片郁郁，一片繁盛。

这一场甘霖，是诗歌赐予灵魂的
——记黄亚洲诗歌朗诵会

如果说用一个下午的时间，去感受一种正能量，它能让人振奋向上；去感受一种责任，它会给意志增添一份厚实的力量；去感受一份优雅，它富有天生的浪漫和美丽。

我告诉你，这个下午的那段时光，是一场诗歌朗诵会。

是我的老师、著名诗人黄亚洲带给我们的一场诗歌朗诵会。

在这场诗歌朗诵会上，我们不仅感受到了文学的美、诗歌的美，还有朗诵者仪态的美，甚至还有音乐的美、舞台的美、灯光的美，以及舞蹈演员优雅的舞姿的美。

从未经历过如此华美的诗歌盛宴，从未有过如此强烈的身心震撼！

这就是诗歌，从宽广的祖国大地吹来，带着厚重的历史感，带着深厚的时代责任感和使命感；从广阔无垠的诗人心房里走出，带着一份沧桑而又沉重的美感，这份美感有关于人文精神，有关于对生活的挚爱，有关于对世间生命的尊重和敬畏。

第一篇章《委婉与忧思》。这一组诗，是对人间大爱的一种诗意的表达，包括一些细节，一些情节，让人感慨，让人潸然泪下；第二篇章《情感与旋涡》。所有的情爱，都成为最美的图画，包括对母亲的情、对朋友的情、对祖国的情、对世间所有生命的情；第三篇章《铿锵与骨骼》。这是诗人的铮铮铁骨、侠义柔情，有关正义和人间担当的歌颂。

一首首诗歌被训练有素的朗诵者朗诵，有的荡气回肠，有的温婉动人，有的情意绵绵。

当杭州家喻户晓的资深播音员杨莅深情朗诵《妈妈，我陪你去小城吧》时，最后一个90度弯腰的动作，感动了在场的每一位听众；当土默热红学网主播曾和朗诵表演《太阳的尊严，我的尊严》时，那番投入的狠劲，真让人颇为感慨；太阳风少儿朗诵团朗诵的《我要去乡下》，那脆生生的童声，就如同一幅灿烂的童年图画，美妙而清灵。

在乙未年的夏天，恰逢梅雨季节，暑天伊始，梅雨不断。但是在诗人黄亚洲的眼里，这个糟糕的季节却有了别样的感觉："天气很不好，岁月很诗歌。"

这场诗歌朗诵会有不少名流赶来，有不少政界要人会聚，其中有中国作家协会副主席何建明，有著名诗人、《大诗歌》杂志主编潇潇，有著名文艺批评家敬文东，有黄亚洲的诗歌老师薛家柱，他们在诗歌朗诵会的间隙上台作精彩点评，而资深诗人薛家柱最后还上台接受一份来自亚洲学堂学子的鲜花馈赠；杭州市委老书记王国平、市政协主席叶明则端坐在嘉宾席上，从头到尾鼓掌频频；司法厅的老处长、诗人毛建一还亲自组织家里的90后、00后诗歌爱好者来听这场精彩的朗诵会。

当然了，席间更多的是普通市民。草根也是诗歌的摇篮。

这是一场没有等级和级别的朗诵会，诗歌是给在场所有人的最为豪华的精神馈赠。

最后，亚洲学堂的全体学员登台亮相，这些学员都是黄亚洲老师的粉丝，定期在亚洲书院里学习诗歌和散文的写作。这些学员中，我似乎得益最多，感受也最深。算来，我已经跟随老师学习散文创作近四年，从一名记者迅速转变成一位作家，不仅出版散文集两本，加入了省作家协会，而且一些散文作品还被海内外多家报刊转载，并被选入中学生课外阅读刊物。起初，我的一些习作，黄老师还亲自动手修改，甚至包括错别字，犹如母鸟哺育幼鸟般辛劳。他常说："你们好就是我好。"并希望我们学员都能在某一个领域超过他。这次诗歌朗诵会上，我们亚洲学堂的同学同台亮相，也是一种必然，是老师的一种后浪推前浪的希望，我们当然深感荣幸。

整场诗歌朗诵会，前后16首诗歌，两个小时，三个篇章，看完后，整个人身心如沐浴一场甘霖。

这场甘霖，是诗歌赐予灵魂的。

诗歌在声音里飞翔

乙未年的杭州的春天。

这个春天有点奇怪，暖着暖着就料峭了，就飘雪花了。

这个春天有点奇怪，还没到来就被诗歌的热浪打湿了一身。

我们沉浸在诗歌里了，他在写诗，你在写诗，我在写诗。

我们沉浸在诗歌的朗诵里了，他在朗诵，你在朗诵，我在朗诵。

就这么着，我们开始与缪斯女神的皇冠近距离接触了，它仿佛触手可及，它仿佛就在你的身边。

于是在这片料峭里，我们猛然间遭遇了太多诗歌的浪漫、激情与炙热，它暖着你的耳膜，暖着你的肺腑，暖着你的心窝窝。

更神奇的是，忽然发现有一天，你居然也成了一位诗人，你的诗歌也许正在某一个地方被人朗诵着，而且一不小心就上了微信好友圈，被转发、转发再转发。信息传播的蝴蝶效应产生了，信息传播的核聚变发生了。

于是，突然间，你就火了。

然后你说，怎么会？我只是一个草根。

我要告诉你，怎么不可能？你完全有可能因为诗歌而红遍大半个中国，就像最近很红的诗人余秀华。

而且我要告诉你，作为草根，你并不孤独，有很多人在鼓励着你，帮你制造着一夜成名的条件，他们会把你那些或者成熟，或者略微有点成熟的诗歌让一些知名的主持人或者朗诵艺术家来朗诵，又或者他们会朗诵一些名家的作品来给你听，这样，你就会在不知不觉中遨游在诗歌的海洋里了，这样你就成了最最幸运的草根。

因为诗歌，你与太多的名人零距离。

在杭州有一些诗歌大腕热衷于这件事情。比如我的老师——著名诗人、作家黄亚洲。

2015年的春天，元宵节前一天，著名诗人黄亚洲按捺不住他的满腔热情，在亚洲书院，联合杭州市图书馆市民诗社一起组织了浙江省志愿者朗诵团。

朗诵团的队伍相当庞大，有专家和名流组成的顾问，也有草根朗诵志愿者，当然也有杭州市图书馆市民诗社的工作人员。

当顾问——杭州吴山艺术团策划总监朱建阳高声朗诵着黄亚洲老师的《大运河放歌》的时候，那充满激情的声音，那种抑扬顿挫，那种震撼人心，让人感慨万分。在座的草根诗人们无不深受震撼。诗歌此时已经席卷起运河的一片浪花，席卷起历史的涛涛不息的激情，以最猛烈最激情的方式和你撞了一个满怀。

诗歌的艺术魅力随着磁性的嗓音在亚洲书院上空激情飞扬。

于是，你感动了，你热泪流淌了，诗歌再度被诠释着，诗意在你渴望激情的内心摩擦出一道闪电。那些诗句诸如“朝廷与朝廷之间的被碰撞”，诸如“什么都变干净了”，或者雄壮，或者委婉，忽然变得无比鲜活生动，一瞬间就在你的心里生根发芽，开出一朵朵深刻或者浪漫的花来，于是你陶醉了，陶醉在诗歌的魅力里。

那晚，浪漫和激情在你的耳朵周围跳着舞，牵扯着你的心，那些草根诗人们写的诗，经过这些深情朗诵后，插上了飞翔的翅膀，驮着你飞往更高更远的地方，让你在一瞬间忘记生活的琐碎带给你的所有的伤痛。

那天，省政府参事、浙江省杂文学会会长桑士达，杭州拱墅区文广新局局长黄玲，浙江诗人之家常务副主任王金虎，浙江电视台影视频道部主任朗诵团团长马莉，知名演员、市民剧社主持人、朗诵团副团长天明及著名童话作家鹤矾都来了。他们也被感动了，他们不仅自己朗诵，还有的纷纷为草根或者名人的诗歌被更好地朗诵更好地传播而出谋划策。

这一晚诗歌华丽转身，它让我们突然发现，诗歌，已不再是贵族所拥有的遥不可及的皇冠上的露珠，它可以是属于平民的，甚至是属于草根的。

于是，因为这样的朗诵，你在名流与草根间像鱼儿那样自由地游着；因为这样的朗诵，草根们的诗已经脱离了泥土的气息，朝着碧蓝的天空展开了翅膀，带着美丽的弧线和清脆的啼声。

在春天里我听见竹子拔节的声音

西湖的早春，比画更美丽，她是天使在人间。

一切都苏醒了。我看见柳芽儿在慢腾腾地飘着绿色，那种极嫩的绿，淡淡地飘在风里，就像柔美的少女般娇媚。松鼠们甩着长长的尾巴跳上枝头，从一朵梅花的花蕊跳向一朵桃花的花蕊，沾满一脚的春天。玉兰花带着华美的光泽，在落日的余晖里散播着圣洁的消息，淡淡的微笑点染着每一抹白尖。迎春的嫩绿条儿被鹅黄色擦亮，把斜阳搂在了怀里，当成极嫩婴儿的脸轻轻吻着。在江南的春天里，最多最美最有代表性的是竹子，我在春天西湖边的女画家展上看见一位杭州籍的女画家画的竹子，淡墨一扫，便把春色和骨节全揽入了画中。而这个湿润而嫩绿的春天里竹子拔节的声音，这耿直虚心的样子，咔咔作响的声音，更像江南才子挺立骨节时发出的响声。

江南多才子，也多竹子，这摇曳多姿、经历风雨、无论酷暑和寒冬都青葱滴雨的竹子，它们经冬不凋谢，这样的姿态正如才子们的遭遇，身处困境时却更能迸发出强烈的创作欲望和激情，正如经历寒冬酷暑和风雨后的竹子更加苍翠一般。竹子虚心而耿直，坚贞而疏节。竹易成活，它们成片成长，密集如盖，置身其如盖如庐的浓密影子里，常有泠泠之风而来，如此幽雅而风情地居于君子屋居之畔，护佑着君子，与他惺惺相惜。每当有月光笼着竹林的时候，清丽如江南佳丽，竹叶细而轻，风起时月光从竹缝隙洒落下来，疏疏朗朗又参差不齐的影子，傍着君子的房居而不慕华池的样子，让人陡生敬意。而且大片存在着的竹子，每当风起时，竹林发出的声响是豪迈而大气的，于是，竹让风有了形态，竹让风有了豪迈。竹子倘若不被人破坏，它还能傍水生存很久，比人类还长寿。于是它们见证了世事沧桑，这由天地精气凝聚而成的葱翠的神物，早已具备了充足的灵性，而被神化。竹子中还有斑竹，传说，那是湘妃的泪滴落在上面形成的，如此的幽怨而美丽，让人怜，让人敬，让人感慨。南方那些长在溪流或池塘边的竹子又被文人斫下，制作成能吹奏出悠远绵长的乐曲的萧和笛。水、竹、乐三者之间诗意而美丽的关系，让亭亭修竹陡然增添了一份空灵的气息。传说，竹笋更是凤凰的食物，洁白而鲜嫩。自古关于竹的传说记载之多，已与古人的生活息息相关了。至于竹子与才子，则自古惺惺相惜，自古互相参照，它与肉一起成了文人生活不可缺少的两样有着骨节和滋味的东西。文人依赖他们补给心灵，滋养身体。

在这个春天里，江南随处可见的竹子正由笋变成，它们破土而出，沐浴着露水，沐浴着阳光，沐浴着早春新鲜的空气，随着一阵阵如甘霖的春雨，节节攀高，假如仔细聆听，可以听见它们拔节时发出的咔咔咔的声响，脆而有力。

西湖深山的竹林里，常常能见山间清澈的绿水，碧绿宛若一条缎带翡翠，几块巨石滚在绿水里，神话般美丽。在竹林里我们听雨后竹笋破土而出的声音，然后用自家的铲子掘开黝黑的土壤，挖出一段极嫩的黄色的新笋来，这没有沾染丝毫尘土的嫩黄带着一股清香，那种清香里混合着泥土和雨水的新鲜，我把它放进了嘴里，于是，清香溢出了我的嘴角。竹子与我如此亲近，就像亲近一颗君子的心。

这么想着，我在亚洲学堂里就遇上了一位君子，他叫叶子。

那天上课，讲《狼图腾》，分析的结果无外乎狼性和人性，无外乎真实是文本的生命。因为真实，作品的内涵超越了作品内容本身。而我以为，人的一半是兽性，如何更好地控制兽性，表现人性，就是人与牲畜、圣贤与普通人的区别。在这节课上，诗人叶子是客座嘉宾，之前我见过他写的评论，这位如竹子般耿直而有才的诗人，他的诗歌和评论里的骨节，犹如雨后的春笋般会咔咔作响。那天，他带来了他的女徒弟，一位女干部，虽然已经50多岁了，但看起来依然端庄淑丽。叶子信佛，修禅，他在课堂开始的时候，画了一幅佛陀的画像。那佛陀头上的卷鬃，其实是鸟粪掉落在佛陀头上，可他并不在意，能忍辱负重，于是佛陀即成了圣人。今已年逾古稀的叶子和三位崇拜他的可爱女弟子之间，只有对文学神圣的敬仰和心灵的沟通与交往。对他们来讲，写文章是一件圣洁的事情，谈论文章是与神在沟通。他的女徒弟说，对于师父只有敬仰之心，而无丝毫杂念。只要有一颗清净心，一颗干净的心，那么看什么都是清净而美好的，看什么都是美丽而单纯的。

当然了，也有误解，误解的时候，叶子就打开酒瓶畅饮一番，这位率真的诗人才不会将这些放在心上。在他的眼里，女弟子们都是圣洁的，是不可冒犯的，他可不像草原的狼那样，面对食物流下贪婪的涎水。他有一位贤淑的妻子，给他生下了可爱的儿子。因为他有一颗纯洁而善良的心。他看见美丽的而崇拜他的女弟子，只会想：“哦，她们只是三位喜欢文学，崇拜我的美丽的女孩子罢了。”在单纯的诗人眼里，那崇拜的目光，交往的每一处细节、每一个故事，都如我所见的竹林的溪涧，有着极其清澈而单纯明媚的颜色，也如刚挖掘而出的鲜嫩的新笋般，没有泥土，新鲜而带着春的气息，放在嘴里咀嚼，只有淡淡的清香。这些比画幅更单纯，更美丽，这样的心境已接近于天使的心境。

因为这样的单纯与干净，也因为耿直与虚心，他们并行着寻找文学的圣洁与美丽。

无论怎样都是耿直虚心，不畏严寒，一副在最残酷的时日里依然潇洒而婀娜多姿的样子，依然挺拔而不屈的样子，有着让人心旌动摇的神韵，那是卓越多姿、不慕荣利、艰苦自洁、坚贞谦虚的味道。

于是，我在与他的交谈中，似乎听见了咔咔作响的竹子拔节的声音，那是君子骨节伸展的声音，那是春天的声音。

她比画更美丽。她是天使在人间。

西湖花语
——观曾宓、邢鸽平书画联展

暮春，几场春雨之后，西湖的花开得正浓。

那日我受邀请出席曾宓、邢鸽平师徒俩的联合书画展“西湖花语”。在三台山杨公堤上下了车，一路步行而去，但见一片葱翠，间杂着淡紫色的紫藤萝、淡粉或金黄的雏菊、艳丽的桃花、鹅黄的迎春、各种色彩杂陈着，耀我的眼眸，白而柔软的柳絮在空中飞舞，细密地铺了绿草地一层。淡绿色湖水倒映着白水晶样的云和澄澈的蓝天，仿佛身处童话世界。

画展在西子国宾馆听雨楼举行，浙江画院的画家们和美术界、文化界的名流在这栋独具情趣的湖边小楼里集聚，听雨楼小巧而别致，幽静淡雅，几杆嫩竹，几丛淡梅，暗香浮动，透着淡淡的书卷味。

此次开幕式曾宓老先生没有来，他的女弟子邢鸽平代为发言，寥寥数语，饱含感恩之情。

观曾宓的书画作品，感受到了浓郁的传统文化气息，仿佛置身于一片松林之间，观白鹤起舞。他的书法作品又独具张力，道尽岁月沧桑，有一种人文精神荡涤心扉。曾宓是一个守望者，执守着这片传统山水，执守着对自然的一片痴情。他笔下的山、水、树、鸟，皆有一番大气，所有的虚光、曲线、墨晕、层次皆来自传统文化的滋养。同时，他又是极爱生活的。曾宓说：“请不要忘了生活，那一点虚光的启示，那一弧曲线的触动，那墨晕烘托的壮丽，那层次高华的召唤，全是她的哺育。”“没有艺术的没落，只有没落的艺术，而艺术的没落，全在于背离了生活。”于是曾宓的画透出了浓郁的生活趣味。而曾宓本人也喜着白衣素褂，落拓潇洒，不染一尘。他从王星记扇厂的一位普通职工到浙江画院的画师，然后成为画界一位值得尊敬的长者，是他对画、对自然、对生命和生活的执着热爱使然，他将浪漫和传统结合得天衣无缝，且“情性所至，妙不自寻”。

而邢鸽平则是浙江画院的办公室主任，性格大胆泼辣，无拘无束，且颇有一番灵气，于是她笔下的花则在一片绚烂中闪现着灵光。她的画受曾宓的影响颇深，但渐渐显露一番自我的情态，且开始摆脱曾宓的影子有了自己的语言。她笔下的每一朵花、每一片叶，每一份在笔墨间流淌的情愫，无不各具风情与特色，让人浮想联翩。

师徒联展，实在是开美术界的新气象，这样的师徒传承，又有别于学院派教学，实属新奇。

从听雨楼出来，明媚的春景再次晕迷了我的视线，如这次画展所展示的一番新景象，让人感慨万千。

西湖花语，画家新解，芬芳自寻啊！

慈惠与星云

——读《古今谭系列：知己》

慈惠法师是星云大师早期的女徒弟，她有着多项“第一”的功德，被誉为佛教界的才女。长期受教于星云大师，以其慈庄、慈容、慈仪为服侍慈惠大师任劳任怨、孝敬遵从。无论星云大师在何处讲经弘法，慈惠大师总是随侍在侧，一杯好茶，一餐好饭，那种耐烦、体谅，就算世间儿女承欢膝下之情，怕也不及他们的贴心。（星云语）

喜欢这本书的清新端庄，喜欢这本书的典雅淑丽。书如其人，我仿佛看见这位善良而善解人意的比丘尼是如何遵从并服侍在星云左右，以一颗慈悲清静的心，与星云大师相知相惜，协助他弘扬人间佛教、推展佛教事业。

读之如在早春观风吹竹林，竹叶细沙，如竹般不慕荣利、艰苦自洁、谦逊而正直，那节操也是青翠的，滴着早春最干净的雨露，带着最清新的气息。

对于师父只有敬仰之心，而无丝毫杂念。只要有一颗清净心，一颗干净的心，那么看什么都是清净而美好的，看什么都是美丽而单纯的。如竹不慕华池而邻君子之居。

当然，其间也有泪，也有心酸，那是如斑竹上的泪滴，那是知己间的心心相印，如一曲《长相思》，如一曲《湘妃怨》。

而这大道至简至易的这番醒悟，在慈惠笔下娓娓道来，是如此的深入浅出，让人怦然心动，这份发自内心的尊重，犹如古远之琴音，或奇妙如蚊蚋之音，或弦歌而鼓琴引来禽鸟飞舞，若俞伯牙遇钟子期，高山流水琴弦之知音。调古声淡，渐入渊源，心志悠悠，让人潸然泪下。

星云遇之慈惠可谓幸甚。于是他说：“我今生实在是庆幸，能得到慈惠法师这等英才贤德们的协助，实在是三宝加持惠我殊遇。”

人生得一知己足矣。

星云知足，慈惠亦然。

让中国历史上最美的一本小说与中国最美的城市结缘

——纪念“土默热红学”诞生40周年座谈会侧记

2015年11月的一个下午。暖冬。

这一天，位于杭州拱墅区大运河畔的黄亚洲书院热闹非凡，一群来自全省各地的文化人聚集在这里，为纪念一门新“红学”——“土默热红学”诞生40周年，进行了一场热烈的座谈。

诞生于40年前的“土默热红学”，又称“三生石畔红学新说”，由晚明气脉论、洪昇著书论、蕉园素材论、西溪背景论、钗盒情缘论等“十论”构成。“土默热红学”是自成体系并自圆其说的一门“红学”新说，重在红楼文化的解析和探索，是一门研究红楼文化与杭州文化关系的学说。这一新学说的开创者土默热认为，中华民族引以为傲的文学经典《红楼梦》，不是从天上掉下来的，也不是哪个天才头脑里固有的，而是积淀了几千年的杭州名山胜水和历史文化孕育的，是在杭州这个“昌明隆盛之邦，诗礼簪缨之族，花柳繁华地，温柔富贵乡”中，洪昇夫妇和蕉园姐妹们风雅生活和爱恨情愁浇灌出来的必然产物。从这个意义上说，“土默热红学”本身就是在杭州山水文化启迪下产生的，也是杭州山水文化的必然产物。

“土红”学说问世，石破天惊，海峡两岸反响很大，呼应众多，但也有人不以为然。为了这门新学说更好地接上杭州的地气，著名作家黄亚洲在时任杭州市委副书记的叶明先生的支持下，组织起了一支由“红学”专家和热心人士组成的队伍，出文集，建网站，办杂志，为“土默热红学”摇旗呐喊，投入了很大的精力。

对于杭州文化建设来说，这是一件好事。“让中国历史上最美丽的小说与中国最美丽的城市结缘，这是多么有意义的一件事情。”黄亚洲如是说。

对于“红学”本身而言，“‘土默热红学’是在众多的红学中最具说服力的一种”，杭州“土默热红学”研究中心副主任、“红学”专家王正康如是说。

杭州市政协主席叶明一直是“土默热红学”研究的赞赏者，自愿担任了杭州“土默热红学”研究中心的总顾问，他给这次座谈会发来了贺词，由杭州市政协办公厅主任孙跃在会上宣布。

自从“土默热红学”落地杭州以来，著名杭史研究专家林正秋也热情地参与其中。浙江大学中文系老教授、民俗研究专家吕洪年曾多次撰文支持“土默热红学”，并且在这次座谈会上发言说：“因为‘土默热’，我终于看懂了整本曾经让我困惑过的《红楼梦》！”

为了让更多的人了解并且赞同“土默热红学”，叶明与黄亚洲在2006年的时候还提出了“带一本《红楼梦》游杭州”的生动有趣的旅游创意。

2013年，“土默热红学”研究中心邀请著名电视主持人王明青连续做了六辑《“土默热红学”》的专访，在凤凰电视台的黄金时间播出。杭州的各大报纸也刊登了有关“土默热红学”研究的相关新闻。

“土默热红学网”有专人负责每天更新，至今共收录了上千篇论文。“土默热红学”研究中心还组织了演讲团去各地作演讲，进行传播。

参加此会的拱墅区文广新局局长黄玲发言时激情难抑，她说，红楼故事的唯美曾经影响了她的青少年时期。她自小在军区大院看过《红楼梦》越剧、读过《红楼梦》的古籍线装书，后来又看了1987版的电视剧《红楼梦》，颇为感叹红楼专家研究《红楼梦》的艰辛。她以为，能让杭州更添一份独具文学魅力的“土默热红学”，理应得到更多的包括经费在内的支持，若策划得好，“土默热红学”还能带动一系列的文化产业，所以理应获得更大支持。

浙江省政府参事、省杂文学会会长桑士达则认为，应该让更多的媒体来报道此事，尤其应该在各大报纸上花大量的版面报道“土默热红学”，以引起社会各界的关注。

杭州市文化顾问黄亚洲也曾几度撰写报告上书有关领导，认为“土默热红学”不仅是西湖区应该大力支持的事，更是杭州市应该大力支持的事。

在这次座谈会上，也有专家表示，“红学”研究为什么在当今有所衰落，一部分原因在于当代人不喜欢读《红楼梦》了。因为曾有一份网络调查表明，《红楼梦》被列入当代国人阅读最艰涩的小说读本之一。在电子阅读大量泛滥的今天，人心浮躁，古典的唯美似乎与快节奏的现代生活不再合拍，《红楼梦》的美似难再度引起现代人的愉悦感。

但愿这次研讨“土默热红学”诞生40周年的座谈会，能让“土默热红学”再度在杭州引发一场热议，并得到可喜的发展。

有人这样说：因为杭州这座美丽的文化积淀深厚的城市，需要一部唯美的古典小说来依偎，两相合拢，才会彼此应和，互添异彩——如果历史证明“土默热红学”果真具有旺盛的生命力的话。

第三章 雅活

画家庄

当我走进这个村子的时候，我遇上了庄和他的全家。庄是台湾人。他的妻子是杭州人。

村子在杭州的郊区。

他们有一艘独木舟，一幢临湖的别墅，两个可爱的孩子。

很久以前，庄是一位电器商人。他隔三岔五地打飞的，往返于欧洲和台湾之间。

几乎没有休息日。

当然，他很成功，他在台湾最好的小区买了一栋带花园的别墅。

然而有一天，庄突然厌倦了，厌倦了自己的生活方式。他突然不想卖电器了。更为糟糕的是，庄对他的妻子也厌倦了。

于是，庄离婚了。并且把别墅和公司全给了他的前妻，只身一人来到了杭州。

那年，他已经40岁了。

40岁的庄突然对绘画开始感兴趣了。他进了中国美院的高级研修班。他学现代绘画。

庄还记得他画的第一幅画，那是艳阳下的一束向日葵。他还记得第一幅画那斑斓的样子。他没有学任何人，但是他的导师夸他有莫奈的印象派的味道。

庄很高兴。

曾经的商人经历，让他很容易就把他的第一幅画作卖给了一位藏家，藏家出了一个好价格。

庄一画就不可收拾了。

那些拙朴的线条，那些明丽的色彩，正是他压抑许久想在这方寸间所释放的。

渐渐地，喜欢他的画的人多起来了。

他也认识了不少藏家朋友。

这样画了两年后，他的画居然上了拍卖场，其中一幅作品居然拍出了很高的价格。

于是，庄用所有的积蓄买了一间很大的画室。

他继续画着，然后遇上了一个女孩，这个女孩迷恋上了他的气质，他的故事，他画的画，他所有的一切。

庄说，他离过婚。

女孩说她不介意。

不久后他们就领了证。

女孩是做外贸生意的，那几年外贸生意做得很不错，攒了不少的钱。

女孩就自己出钱在杭州的郊区买了一套公寓，两个人简简单单地办了一场婚礼。

就这么成了家。

庄结婚后不让女孩再做生意，让她跟着庄一起学绘画。

两个人常常在画室里昏天黑地地画着，有的时候就几只馒头一壶白开水过上一天。

直到有一天，庄的妻子的画也有人买了。直到有一天，庄的妻子给他生下了一对可爱的双胞胎。

庄觉得生活一下子如他笔下所画的世界那般美了。

他开始更没日没夜地画。

他的这些现代派的画作被越来越多的人喜欢。

画了五年之后，庄有了一笔积蓄。

有一天，庄在杭州的近郊遇上一个湖泊，那一湖的湛蓝吸引着他，让他想起瓦尔登湖梭罗的故事。

他爱上了这片湖。

他要在湖边安家。

庄去很远的地方买来一些木料，一些石头。他自己雇了一些工人在湖边造了一幢独立的小别墅。又嘱咐工人造了一艘小船。

闲暇的时候，他和他的妻子带着两个孩子在湖上泛舟。

在湖边的日子，他画得没有以前多了。

但画起来就是大幅的。

他的画被越来越多的人喜欢，基本上都是欧美的藏家。庄的小日子也渐渐丰裕，他在画界的知名度也越来越高。

回想起来，从商人到画家的转变，庄觉得一切都是顺理成章的。

他的生活渐渐变得闲适了。

更关键的是变得优雅了。

而且他可以在画里表达自己对这个世界的想法。

以前做商人的时候可没有这样的表达渠道。

也有朋友劝他，其实不必把以前的一切全抛弃掉，可以一边经商，稳定下来让别人经营自己的生意，然后再分出精力来画画。

但是庄不觉得这样好。

他要转变就要完完全全地转变，和过去的所有说再见。

他要做就要做一个纯粹的画家，而且要画到最好。

现在，他的画能让很多人心生感慨，甚至能让一位老者在画前想起自己曾经经历的岁月而唏嘘不已。

这就够了。

能从事引起人心灵共鸣的事情，比追求单纯的物质富裕来得更有趣。

庄的转折，出人意料，却又如此地成功。

现在的庄更像个隐士。

他还给儿子请了私塾先生，专门学国学。没有让孩子进普通的学堂。

每当夕阳把一湖的碧水照耀得灿烂的时候，便是庄最惬意的时刻。他会捧上一壶茶，站在自己的画作前，站在这满湖的绚烂前，作一番天马行空的想象……

第二天再把他所想的画下来。

不出几日，他的画便会被藏家收藏。

画家庄很满足于他现在的生活状态。

在茅家埠的越男

杭州茅家埠为杭州市中心的一处村野之地，非常难得。它靠近西湖，又有农家的乐趣。所以非常吸引都市里的人，不仅上海人周末喜欢来这里小坐，杭州城区里的一些上班族在节假日里也喜欢去那里喝喝龙井茶，要几碟农家小菜，搓搓麻将打打牌之类的，消磨一段时光，享一份繁忙都市里的惬意。

只是茅家埠毕竟是农家，很少看到精致的场所，当然有些大商家开的一些饮食场所经过一番装修看起来还是不错的，常常会在里面设置一些曲水流觞之类的小景致或者种一两盆经过修剪的白色、鹅黄、粉色睡莲之类，摆放一些养着大眼金鱼的精致的玻璃缸……还有江南会之类的会所也设在茅家埠附近。此外就很难得见一些风雅的场地了，杭州的一些书画家、艺术家或者诗人作家的工作室就很少有见到放在茅家埠的。

只是，有一日，受到一位名叫朱越男的90后小妹妹的邀约，我才知道，茅家埠那些表面看起来乡野气息颇浓的农舍居然能装饰成如此雅致的居所。

那天，我第一次与越男见面，见她白皙文静，穿着淡雅，考究却不张扬。为了迎接我，在大风里步行了好久。见了我之后很是谦和恭敬。我见她那模样，感觉像是古画里的仕女的复活版。

之前我与她的父亲有一面之交。是缘于中国书画院浙江分院的一次宴请书画家的活动。当时在座的有一些书画家和企业家，她的父亲也受邀参加。她的父亲收藏一些字画、古玩以及名贵的木头。闲暇时也练习太极，练得一身柔软的好筋骨，坐在那里喝茶的时候会不知不觉地把腿盘起来打坐，而且气质看起来有几分脱俗的味道。越男从小受父亲的影响也喜欢古玩字画珠宝之类的。长大到大学毕业后，又几度西渡去英国学习，几年下来，获得了英国皇家珠宝协会的鉴定师的资格。所以是个鉴定珠宝的行家。

前几日，这位二十出头的小妹妹在茅家埠租了三层高的农舍，经过一番精心的装饰后成了一处雅居。

她邀我去，就是让我赏赏这新屋的精致。

这幢租来的农民房子经过一番装饰之后，确实不一样。屋里敞亮得很，墙壁上还挂着不少当代名家的书画，我见到有沈鹏的，这些书画作品非常有特色。

房屋靠南，有很暖的阳光照进来。一楼的大间估摸着有80平方米 。一张花梨木长几上摆放着一套精致的茶具，有青花瓷也有白底细胎的白瓷的闻香杯。细看，每一盏茶杯底部或者边上还描绘着一朵茶花，淡雅。她招呼着我喝茶。我们坐在红木大圈椅里，有厚厚的塞着丝棉的锦缎靠垫靠着，暖和。

越男的一举一动颇缓慢，看她添茶时的一举一动就像在欣赏一部水墨动画片。

越男的手上戴着一枚非常漂亮的蓝宝石戒指，是她自己在画稿上画了设计图，然后嘱了家里工厂的工人镌刻了戴在手指上的。

我一时兴起想看她的画稿。于是，她拿出一沓厚厚的牛皮纸质的本子，里面都是她手绘的珠宝设计图案，画的是各种花的样子，还有古代仕女图，构图、意蕴颇有几分古意。

居所还有三个陈列柜，摆放着她设计的珠宝，那些珠宝的图案大多带点古意。她嘱工人用各种材质镌了乐伎喜乐的样子、各色花朵的样子，用细细的金链拴了，挂在陈列柜里，养眼。房间的另一角落还陈列着不少名贵的沉香珠串。有一只古董牛皮灯华丽地坐落在房间的一角，静雅大方。

房间的角落里放着一些古朴的瓷瓶，每一只瓷瓶里都插着一根越男从外面捡来的蜡梅花枝。

所以房间里飘着很好闻的蜡梅花香。

我们坐在红木圈椅上聊着天，地板已经设了地暖，暖和除湿又不干燥，实在是比空调更适合江南的冬日。

门外的小花园里种着一棵金橘树和几树矮茶花。金橘树上的果子再过两日就会熟了，矮茶花上挂着几颗硕大的粉色的花朵。

工作室里还有个很大的阳台，上面摆满了兰花。

兰花非常难养，需要适当的温度和湿度。

但是越男把兰花养得很好，有一盆已经抽出了花骨朵，过两日可能就开花了。

这样的雅室又有这样一位秀雅的女主人，实在是满屋的女儿香。

经过精心装饰的房子是有爱和美倾注在那里的，所以很温馨，有家的气息的房子就会有感情在里面，就会有人乐意去长住，去小憩。

它远离一切喧嚣和粗糙。

已经完全不是农民房的样子了。

事实上越男是一位小小的工艺师，经过英国皇家珠宝学院授课的她，现在设计的珠宝作品受到了很多人的喜欢，一旦她设计出来，放在她的微信朋友圈里一晒，就有五湖四海的朋友表示喜欢。

在越男的身上，我感觉到深厚的中国传统的底蕴，但又有强烈的西方文化的烙印。

所以她的气质里有古典和现代的味道，这两者结合得非常好。

越男每天的工作就是在小屋子里画设计稿，摆弄一些花草，然后嘱了工匠们把它们镌刻在一方方原石上，再放在好友圈里售卖。

订单还非常之多。

这颇有点古代士大夫阶层的贵妇人的味道，不需出户，但尽享风雅。又有现代女性的味道，独立自主，自己可以养活自己。

这样的生活样貌，实在是一种新的姿态。

按照台湾作家蒋勋的话说起来，这样的生活状态才符合美学原理，不忙，因为蒋勋说，“忙”就是“心死”。又在如家的房间里工作，四季有木芙蓉（茶花）和幽兰相伴，房间里的陈列品又都古雅。推开门又伴着西湖的青山绿水。所以这样的居所，即便是蒋勋看来，也是极富美感的。

我在想，杭州的茅家埠要是多出几处这类的雅居，多住几个有灵性的民间女子，那又该多好。

如此这样，在杭州西湖、西溪和茅家埠就都有了仙子相伴，又让我想起一句古话“吴姬个个是神仙”来。

临别时，越男又迎着大风送出我很远。还赠了我两束自家做的沉香香烟，说是在家里燃了有镇静安神的效果。又说有一只红木盒子在路上，到时给我邮寄过来。

我欣然接受并打算送她一篇小文，再赠她一些《人间有味》。

想起《诗经》里的一句话“投我以木瓜，报之以琼琚”。

《诗经》里的记述已经好几千年了。到现在，内容有变，然情谊未改。

万事利“璀璨”时尚秀

当绚烂的霓虹闪烁的时候，这白色T台上的丝绸如流动的华章。

我以为我在东京、巴黎或者纽约的时尚PARTY上。其实，我只是在万事利40周年庆典的秋冬时尚发布会上。

丝绸像流着油，在闪闪发光。

那些裘皮、那些手工织就的细致的锦缎闪着星宿般的光芒。

万事利这场名为“璀璨”的时尚秀，迷离了我的双眸。

我想，我这是在名利场中了。

万事利自从牵手法国顶级奢侈品牌MARC ROZIER，她就一发不可收了。

现在是她的40周年庆。40周年，从稚气到成熟，到熠熠发光。

杭州市副市长张耕的发言让人感慨：万事利能代表杭州文化的一部分，能代表江南的一种韵味。

万事利集团董事局主席屠红燕的发言让人感慨：万事利从杭州的丝绸中心笕桥走出来，经过两代人的努力走向了世界。万事利复活了一大批中国传统丝织技艺，还搭上了红楼文化研究的快车，将原本只存在于人们幻想中的贾宝玉的孔雀裘真真切切地展示在高档丝织物上。经过40年的积累，这些文化的光在今晚释放一角，那是一束穿过40年光阴的花蕊，它点燃了企业人心中的梦想之火。今后，万事利要走转型之路，打造奢侈品高端品牌。从源头——原材料的蚕茧开始，到每一个环节，都快速追赶法国奢侈品企业。

这只笕桥飞出来的燕子，它使一种命运从西子湖畔横跨大洋，它把国际化的节奏带回了温柔的水乡。

万事利的这几年，我亲眼见她的优雅与努力，我亲眼见她的美丽与诗意是如何逐渐变得高远和辽阔的。

接下来，万事利要走的是高端品牌之路。不仅要做国际一流的顶级奢侈品牌，还要做线上、线下相结合的“B2B”和“B2C”，以及出口跨境定制服务。

那是更具魅惑的名利场。

我的思绪、我的目光又回到了这场秀上。

这台上的浪漫与典雅，这些绣在各种兰花绒、亚麻丝混纺、雪纺、锻条绡上的花卉、蝴蝶和民俗图案带着本土特色，又带着法兰西异域风情。

万事利那以“凤凰”为图腾的自主高端品牌，重塑了“凤凰文化”的内涵，那鲜亮的橙色和神秘的蓝色以及紫色，完美融合了传统与现代。这些大胆的裁剪与混搭，让一些最热门的时尚元素在舞台上冲撞、重构、演绎……

风情独具。

奢华的宋锦、云锦面料被用在高定华服上，这还不够，还用了超过三种以上的手工技艺来装点。让一些手艺精湛的苏州绣娘用金绣、打籽绣、垫绣等多种手法绣制，还有手绘、手工钉珠等工艺。最为神奇的是上百颗施华洛世奇水晶也绣在了华服上……

那是说不完的奢侈和富丽堂皇。

躲进月亮影子里的小楼

乙未年的冬日，连续几天的阴雨。忽然有一天放了晴，我受邀出席了“这里东方西湖101”文创工程开幕典礼。

“这里东方西湖101”是一幢经过改造的三层楼的阔大的LOFT结构的房子，名为西湖101城市创意会客厅。在黑与白的三层空间里，我见到了各种当下最时尚的元素，比如古琴、奇楠、香道、茶道、中国水墨画以及穿梭其间身着各式麻布中式服装的知性女子。

这些房间所有的改造经费均来自众筹，这也是当下流行的一种新玩法。

一楼的房间被分割成“金、木、水、火、土”五个部分。有低眉跪膝的女子在俯身做着茶道表演。也有些檀香被袅袅地燃着。还有书法家进行着现代书法表演，另一间房间里，各种中式麻质服装整齐地挂在衣帽架上。

主人黄严是高我几届的浙江大学新闻系学姐。她长发飘飘，身形瘦削，看起来像个文艺青年，而不是生意人。开幕式上黄严首先发言，十分有趣，发言也不太长，颇有些风格。她说今天来的都是热衷文创的人士以及热爱西湖101并作了投资的各位友人，而没有领导。在这之前有很多领导已经悄悄来看过了，齐整整的报告已经上达，而且受到了领导们的肯定。所以，今天邀请来的贵宾，尽可以在这里自由自在，甚至是横行霸道。

这话说得多耐人寻味啊。被诸位领导管束久了的70后、80后、90后们可以在这里大胆地放纵，这该是怎样的民主和无等级的状态？

开幕式的主持人——浙江省文创协会的秘书长姗姗来迟，发起言来带有些文创精神。

我在进门时手臂上也被贴上了一个圆形的标志。所以那天我就表现得像一个任性而没有大人管束的小孩，在那里自由自在地享乐了一个上午。

之前，我与主人黄严并未曾交往，因了乐创会创始人卢艳峰的牵线，才得以与她相识。

与她在微信里聊了之后，才知道有一些共同相识的朋友，大多是浙大的校友。

有一天我赠她一首小诗。

隐居笔记

隐居
然后有笛声袅袅
芦花飘洒
雪夜如玉

两三点小人消逝在远方
西湖如图画
古老的故事如梦般惆怅

我赠她这首小诗，缘起于她之前是西湖隐居的主人，这首小诗她很喜欢。黄严做西湖隐居民宿出了名。她还在浙江各地各种风景秀丽、空气清新的地方收纳当地的闲散资金和老屋，雇人重新做了设计和改造。当然了，所有的改造都是西湖隐居式的风格，时尚而又带有丰厚的中国传统文化的韵味。

这样的风格在浙江各地风靡起来，也是一件极有意义的事情。

大家都投入了自己的资金成为股东，把自家的老房子拿出来进行一番装修，换了一种新鲜的样貌来经营，其间也是有一种平等自由的思想的。

而在这些房子里的享受，我想是极时尚的了。

我在会场里，遇见了以前在团市委一份杂志供职的同事，她也投资参与了这场文创活动，是这里的一个股东。

她说，黄严最早的时候从一家上市公司出来，自己创业做西湖隐居。现在西湖隐居做大了，又投身文创行业，实在是大胆而前卫。

末了，我在这一楼的“金、木、水、火、土”元素的房间里穿梭。每一个展馆，都有一则故事，从每一处窗的轮廓里，能看见组成四季变化的画卷的美景。在墙角会遭遇一些枯枝、花木成静默的画卷。这些设计里蕴含着深刻而含蓄的东方美学。

接下来，在“这里东方”继续进行“听说”、“看见”、“品味”、“闻香”、“触摸”五大感官的肆意放纵。在“这里东方”可以品茗、读书、看电影、学陶艺、品尝传统美食。

在“这里”，可以忘了之前的故事。

用新的故事来填满。

直到夜幕降临，月亮升起来。

然后这幢西湖边的面对着美术学院的小楼，就躲进了月亮的影子里。你能闻到隐隐约约的清香，这清香穿越了几个世纪，是东方文化经过沉淀后的新鲜模样，是那样的清新，仿佛要滤去所有的陈腐与渣滓。

将一段古典的浪漫与你近距离厮磨

一家餐馆，在杭州南宋御街。

一段浪漫经典的爱情故事，发生在南宋繁华之都。

两厢里相遇，合着满屋子的百合花的清香，典雅的琴瑟之音，只消让你的魂在这江南水乡里沉醉，沉醉而不知归路……

听过白先勇的青春版牡丹亭，听过吴彦祖、王祖贤的《游园惊梦》，这回在这江南幽巷里，品着极品的红茶，煲一罐四味鲜汤，听一曲体验版《牡丹亭》，只消把心魂儿荡漾……

那一日，下着小雨，因为浙昆周传瑛的孙女周玺的邀约，我有幸与这段浪漫近距离耳鬓厮磨……

先是下了车，走一段御街，让那淅淅沥沥的小雨滴得整个心儿都飘飘忽忽的，然后路过御街最繁华的路段，在羊汤饭店边上，原先翁隆盛茶馆的旧址，如今的御街62号，御乐堂大堂小坐。见这饭厅里正闹中取静。几席黄色竹帘子底下隔出几方幽静的小餐厅桌子来。桌面上铺着红縩纸，黄色竹制筷联席以及一瓶百合花。周边是袅袅的古琴音《渔笛清幽》。几盏落地黑色灯箱上用很好看的草书写着八出牡丹亭折子戏的名字。

餐厅很古雅的样子，让你想起一种久远的色彩，一段久远的情殇，一份久远的感怀……

暗地里想着，这暖灯里听点小曲已经是不得了的优雅绵绝了，更何况是近距离听昆曲中之神品呢？

这么想着，我的眼前就放着一些精致的餐盘了，一些小点，一壶好红茶，一碟汤汁小包，一勺子饭，一些精致的蔬菜和肉食，包括曾经被坊间流传甚广的此地著名的熏鱼，这所有的所有被一只相当精致的瓷船样的盘子放在了餐桌上，像一卷古画般好看。最后还上了一罐鲜得让你掉舌头的菌菇汤……

然后，面容俊朗的1986年出生的餐厅总经理、小伙子戴志清就端坐在我面前了。问我："好吃吗？"

不问不要紧，这一问又让我心生愉悦，简直就像得了一段古韵般，幽深雅致得很，那斯文体贴的腔调，带着北音，居然让我感受到了一股大朝廷的帝王之气。

我当然是头也不抬地说着"好吃了"。

很好听的北音又响起来了："这些食物的灵感都来自台湾。全是珍品，而且是清蒸，煮熟了才摆上来的，只有一道餐点用了很少的素油炸的。没有用传统的重口味的炒菜方式。所以非常地健康。尤其是最后一道罐头菌菇汤，全是自然菌菇食材，四味纯正的素食放在一起炖了好几个小时才出品的全绿色浓汤。”

难怪，我私下里想着，吃着有不一样的味道，如仙品般。

末了，戴志清又说，一直做昆曲的出品人，跟着名家林怀民学了很久，每次跟他学都受益颇深。现在自己出来做了，很是感慨。

这名人做极品的一招一式，想来这85后的小伙子是学到精髓了。他把做事的魂学来了，那就是不一样的专注，不一样的精品意识。他说做一件事就要做到最好，最优秀。

当然了，昆曲不怎么赚钱，但是有味道，有特色。

有这两点就能撑起门面了。

饭店的单子是像雪片一样飞来了的。

到现在，这家饭店已经做到了杭州前50名，才一年的工夫，实在是不容易的一件事。

与俊朗少年的一席话很是贴心落胃。

吃完正好逢上旧时作协好友，于是相约了同看这一出古典精品戏剧。

被戴志清亲自引着上了三楼。

踮着脚尖轻轻上了楼，见一小戏台，几排座位，戏台周边是琴师的落脚。台上周围四角还放着几只漂亮的全透明的金鱼缸，几尾大红色的珍珠眼金鱼，甩着大红色的尾巴，热热闹闹地在鱼缸里游着，一番优雅喜庆的样子。

很好看的背景画柔亮起来。原来是当代名家画的山水画。有淅淅沥沥的雨合着背景落下来，正好落在金鱼缸里。细看，原来是金鱼缸上头放着几盏莲花喷头。这番景象，浓浓的江南味儿，化也化不开……

古音响起来，漂亮的女主角率先登场。

那身段，那唱腔，幽怨绵长，听众的整个心儿都给唱酥软了。

一出“冥判”已把心魂儿勾去，一出“惊梦”，又把心弦儿扣上，这八出精致的戏文听下来，这心魂儿勾得飘飘忽忽。想来这三生路上的一段深情的曲曲折折，想来这姹紫嫣红开遍，被这一个半小时的精巧演唱演绎得淋漓尽致，委婉绵延，且摄人心魄。

末了和编剧周世瑞——周玺的大伯探讨这出精致的雅剧的编排，实叹不容易。才一个半小时的容量，要把这部神品演绎得淋漓尽致，实在是一件费心费力之事，让人反复思考、修改，废了多少盏明灯啊！才不枉费了汤显祖这部传奇中的国色天香花中之后。

八出剧本，精巧曲折，如江南景致般小巧耐品。赏之还能让人感慨万千，如品仙乐。

认真琢磨何止一月两月，不惜半年一年，

把五十五折的原本，撮其精华删减成八折，一个半小时全部演完，基本上保持了剧情的完整。

汤显祖的“情至”、“情真”、“情深”，番梦中情演绎成人鬼情，再归结为人间情。

紧扣情字，一往情深。

小巧美艳的杜丽娘，唱腔婉转地将一番深情上天落地，悠长百转，复又返得人间，几番感慨，让人不禁被剧情拉扯得潸然泪下，让人不禁对剧本的唯美叫绝！

两厢里合在一起了，又让人一番叹息。这心神儿就这般被戏扯得飘忽沉醉。

沉醉在这江南的花香里，沉醉在这江南的雨夜里，沉醉在这江南的浓得化不开的书卷味里。

那是一番淡雅而又浓郁的情殇啊！

那是真挚里透出的深情，有江南独特的迤逦！

是晚明风华的绝演，也是一段最精粹的美，美得绝代，美得风华啊！

而又如此近距离地与你厮磨，如此的享受，让人怎敢不说如今江南的雨夜也是那般的多情与古雅，那般的缠绵与难诉……

那段冲破礼教，感动冥府、朝廷的爱情故事，在这晚上演，这淅淅沥沥江南小雨的夜晚，这优雅的飘着花香的夜晚，这美妙的场景，这眼前的一对丽人儿……

听着这出戏，你又何止会生出一番“江南忆，最忆是杭州”的感慨呢？

浙昆有戏，有新戏。

江南有才子，有佳人。

有新贵。

著名昆剧表演艺术家汪世瑜说：“我演了一辈子《牡丹亭》，参与创作了青春版《牡丹亭》，现在为体验版《牡丹亭》出力，自觉现在这个版本，对推广昆曲益处很大，杭州是昆曲的发祥地之一，浙江承担着复兴昆曲的梦想和责任，《牡丹亭》就是发生在南宋杭州的爱情故事，在御街上进行表演，是非常相得益彰的。”

难怪白燕升说，如果把西湖比作杭州的眼睛，那么御乐堂体验版《牡丹亭》则是杭州的灵魂。

那么且让灵魂选择一个江南的缠绵雨夜，去感受近距离的浪漫厮磨，只消把所有的浪漫托付于这所有的江南美味佳肴，以及江南丝竹，以及婉转的唱腔、江南的韵味……

雅活一下午

这个连日来阴雨连绵而湿冷的江南的冬日，忽然放了晴。故而想外出走走。于是我就接受了南宋御街御乐堂总经理戴志清的邀约去出席一场茶会。因为之前给御乐堂写过一篇稿子，所以与他相识。

茶会设在御乐堂的二楼。入口处放着一瓷瓮的清水，水面上飘着几朵茉莉花。一位穿素色麻衣的女孩嘱我用茉莉花水净手。我把双手放在瓷瓮上，她用竹质的长柄勺子兜了一勺子的茉莉花水淋在我的双手上，我略微搓了一下，就算净了手了。净手之后，我的双手隐隐约约沾了点茉莉花的清香。

二楼摆着七张桌子。戴志清把我引入其中一个座位入座。

见暗色木条长几上铺着白色的宣纸，边上一只青灰色的矮瓷瓶上插着一支绿色植物的丫枝，一只青铜质地的烛台上燃着一根矮壮的红蜡烛，蜡烛把绿植丫枝的影子投射在白宣纸上。在我入座的右手边，铺着一张画稿，上面画着一朵粉色的梨花。画稿的题款是："梨花一朵。"然后有一位穿着青色麻质旗袍的端庄典雅的女士端坐在我的面前，她朝我微微一笑说："我叫梨花。今天我给你表演茶道。”在一边的戴志清说：“梨花是御乐堂茶道班的学员，她们刚刚结束一段时间的教学，今天是结业汇报。”梨花用茶勺舀出一些老宁红，倒入一只茶盅里。茶汤是橘红色的，盛放在白色的薄胎釉的瓷杯里很是好看。入口醇厚，略有些回甘。

我见梨花用的茶托和茶盖托非常有意思，居然是有点年份的一方徽砚和一款明代的芙蓉石的老印章。边上还搁着一块有些年份的玉石质地的笔架，用来点缀其间。这虽然不合规范，但看起来有几分趣味。

梨花和我聊着一些事情，问我有关写作的事，我也问她一些茶道课的事，方知她年龄和我相仿，是一位银行职员。聊了一会，又来了一位男士。年纪也和我们两个相仿。看起来他和梨花在之前就略有些相识。“他是一位神人，通周易，会催眠。”梨花如此向我介绍了这位新来的朋友。

我对玄学之类的素来非但不排斥，而且还非常喜欢听这类叙述或者讲解。所以对这位“神人”的到来我表达了我的敬意。

他先对梨花说了一些话。说到她近日可能遭逢的一些苦恼。梨花说居然全说中了。然后又说我的。

未等他开口，我就说：“我没有烦恼。”我以为这么说会让他略有些尴尬。没想到他说：“这很好啊，没有烦恼就是你修炼到家了，你不必要自寻烦恼。这是我要跟你学的地方。”

接着他又说了一些事情，让我有些意外，因为他居然算出了我家的大致方位和家附近的一些标志性建筑物，又说了我父亲和我之间的关系，以及我对我儿子的感觉和期望。他居然全说对了。我不知道他从何而来的这些信息。我问他，他只拿出那张铺在桌上的绘有一朵梨花图案的宣纸说：“万事万物皆有联系，你所有的信息皆在这幅画里。”我听着有些玄乎，问他是从哪里学来的，或者是谁教他的。他说，没有什么人教他，他只自学过《周易》，自己闲暇时看了很多杂书，并且从万事万物和众人身上虚心学习体悟到的。

我也看过《周易》这本书，大体知道这本书讲的万物有关联一说，比如人体各部分都是相关的，这里病了，其实根源在身体的另一部分。再比如地球南部发了洪水，相关的地球北部或者其他地方一定也有灾难之类的。还有风水，我也看过南怀瑾的书，见他所说的风水学说，比如为何说门口有一棵树挡财，原因很简单，因为门口种了一棵树，别人进门就会困难，进门困难了，财源就断了。再比如床头墙壁上有条缝可能会不吉利，这不是迷信，也是有渊源的，因为风可能会透过墙壁的缝隙吹到头上，引起头疼之类的疾病，所以就不怎么吉利。这些粗疏的道理我都看过，但是用在现实生活中我就完全不通了。而且这类玄学其实一直被排斥在正规教育之外的，所以未曾深入地了解过。不过，在我十几年的记者生涯中，我曾经遇见过形形色色通“周易”或者研究风水的大师。甚至还听说有一位会听字的，就是把字写在一些纸片上，然后再把这个字包好，放在他的耳边，他不看内容，光听就能听出纸片里面写的是什么字。据说这样类似于特异功能的技术，只要从小培训是能培训出来的。

诸如此类种种。但是今天逢见的这位特别地神奇，因为他几乎坐下没多久，就能从一幅与我没有任何关联的画上看出那么多有关我自身的信息来，而且百分之百的正确。

他似乎还意犹未尽，接着说：“你需要体悟你的内心，知道你内心真正想要的是什么。也就是了解潜意识的自己。这样你才能写出好东西来。所谓的深刻，并不是外在的力量可以解决的，很多时候在于自己内心的一种体悟。也许看一些哲学的书或者历史的书能够解决一些问题，但最终还是要靠由内而外的深刻的体悟。”

这句话，忽然让我有所醒悟。这是困惑我许久的一个问题。也就是说，我对本我体悟得还不够深刻。这些体悟，我一直以来都以为需要往外去寻求，要借助外力或者外在的一些冲击或者疏导。

然而经他一说，我似乎顿悟了。

这时候，梨花点燃了一根檀香。我在这檀香的香氛里有些飘忽了。我忽然想起很多事情。

在这周遭雅致的环境里。我想，我一下子要沉入我的潜意识里去了。

我不知道这是不是就是被催眠。

当我们结束了一下午的谈话时，我们面前的宁红也饮完了。茶点也都见了底。

末了，这位“神人”说：“我今天从你身上也学到了很多东西。比如如何摆脱痛苦，如何获取心灵的平衡。”

其实我并没有多说些什么。只一两句话。但他悟到了。

离别时，我们互加了微信。

梨花又赠我们两人各自一只上面镌了“布施”二字的白底细胎釉的闻香杯，用麻布的装饰袋包了，恭敬地递在我们的手中。

我们三个就此告别。

临别，我连“神人”的名字叫什么都不知道，只知道他姓斯。在杭州开了一家建筑设计公司。

虽然他说的话不是特别多，但这一下午的谈话所蕴藏的能量，足以让我消化许久。

其实宇宙也好，人类自身也好，万物也好，有许多神秘的所在，我们都未曾了解。若能涉及其一点，或者一部分，就非常地了不起。我想今天下午所遇的这位“神人”也许就触及了那么一些。

我想起这一下午，受了那么多智慧和文化的布施，又恰与我手中所握的薄底细胎的白瓷杯上所镌的“布施”两字有关联呢。

确实万事万物是有关联的，你在此刻遇上了，也许是你这一段时间积累的一些能量所致。这能量若用通俗的语言来解释，就可以理解成“努力”、“领悟”之类的。

这一下午的闲谈，忽然让我想起金庸小说里常常描述的一些段落——在江湖上行走时，忽然遇见的高人，怎么一来就能呼风唤雨，只需手中的一样暗器，这暗器也许是一根绣花针，就能杀人无数，在武林建起自己的门派或者崇高的地位。

金庸的小说离现代生活已经很久远了，现在虽然武侠类的小说电影也有一些市场，但没有之前那么火了。

现代或者后现代的人们，比起身体上的一些互相伤害，更讲究智慧上的一些领悟或者超越。而人与人之间的关系也更讲究共享、互利或者合作、和平。

就如这一下午的闲谈和茶会，我们共享了智慧、文化和茶道之美，所以很当下。

如果用佛教上的说法，我们彼此之间进行了一场“布施”，而这场“布施”是智慧上的。这是第一流的施舍。

种仙草的刘文标

《红楼梦》里一株绛珠仙草需要用甘露来浇灌。这绛珠仙草得了天地之灵气化身为“林黛玉”，用一生的眼泪来还前世的情债，凄美婉约，在这部唯美的中国古典小说里成了引得一代又一代读书人眼泪的可人儿。仙草是文人雅士的宠爱，在很多古代小说里，仙草还是可以还魂的，救人一命的。想那哪吒把骨肉还给父母之后，太乙真人唤来一只红顶白羽的仙鹤衔来一株灵芝仙草，唤醒了哪吒的魂，救了哪吒一命。可见，仙草自古在文人笔下是被神化了，且是极美的了。然而这世上集天地之灵气、日月之精华的仙草实属难得，需在云雾之中，需在深山里，需经历一番艰辛才能觅到。

两年前，我曾得一些仙草。它的名字叫“云谷圣草”。产后，我血压不稳定，体态虚浮，偶然间得一小罐用玻璃瓶装、用原木作塞子的“云谷圣草”，说是能治产后体虚，且能去身体浮肿，并非补药，可当茶饮。于是，我每日里喝上一小盅，用龙泉青瓷的茶杯盛了，再用从虎跑打来的山泉烧滚了冲泡，青瓷衬着一片柔嫩的粉黄，煞是惹人喜爱。喝了几日之后，不仅血压稳定了，而且睡眠也好了，我想这茶叶不仅名字好听叫“云谷圣草”，颇有点仙姿，而且还真有奇效。

一瓶见底之后，想再去买些来继续医治我的产后各种不适之状，没想到竟然寻觅不得这一模一样的来。所以有些郁闷。想这仙草不知何人栽种，又在何处销售？

很想依着瓶子标签上的联系方式打电话过去寻问，但又恐唐突。故而只好作罢。

直到子奇长到快两岁了，我的散文集《人间有味》出版后的一天，忽然有一位叫刘文标的先生要加我的微信，说是很喜欢读我的散文，还在京东网上买下了我的这本小集子。和他私聊了几句，才得知他是一位商人，也没有时间进一步深聊。某日，见他在微信好友圈里放着一盅茶的照片，茶罐子的外面贴着“云谷圣草”的标签，旁边还放了我的散文集《人间有味》的封面图片，并且把我印在书封面上的一段文字“有人说要觅得清欢需要一颗宁静的心，这颗心可以在茶里清静，也可在书里清静”配了他的“云谷仙草”的照片。才知道原来这位刘文标正是生产“云谷圣草”的商人。

我一激动，就想去见他。

也不管家里有子奇要照顾，也不管是否有其他杂事缠身。

他很乐意我去拜访他。因为他说，他喜欢我的文字。

刘文标的办公室在杭州最古老的商圈——黄龙商圈的世贸大厦里。他的办公室很整洁，不大，有一尊乌沉木雕刻的关公像坐立在门边，有流水的假山小盆景，这样摆放也许有些讲究，可能经过精心的设计，因为在这样的设计里安坐着的感觉很是舒适。

刘文标本人高大俊秀，与人交谈时的目光又颇为诚恳。

他的桌上端端正正地放着我的新散文集《人间有味》。我又是一番激动，想来，我们之间应该会有些缘分，因为在心底里有些共鸣。只不过，我把我所想的体现在文字里，而他把他所想的体现在了实物——一些疗人顽疾的仙草里。

细聊之后，果然很投缘。

我得知这位种仙草的刘先生不仅会培育仙草，还是一位讲师，他在清华大学、浙江大学作不倦的讲授，专门指导年轻的大学生如何创业。我们一起聊天的时候，还有几位新生代的85后的互联网商人上门求教刘文标，刘文标几句话一说，年轻人就感到颇为受用，认为按他的思路去做，他们的互联网企业就有路可走了。

聊着，聊着，得知刘文标还是一位投资商人。他的另一个身份是中国投资商会浙江商会的常务副会长。

俗事虽多，但刘文标还能从这些嘈杂烦琐事务之中脱身出来，在闲暇之日还喜欢舞文弄墨，特别喜欢与一些新锐先锋作家打交道，谈谈人性和性灵的东西。这样的爱好，可以让他偶尔超脱一下琐碎繁杂的事务。

“云谷圣草”在刘文标的事业里只占不大的一部分，但是是他的一个品牌，仙草超脱尘世的模样，正是他骨子里想寻觅的一份宁静。刘文标在很偶然的机会里，去温州雁荡山出差，见深山中的仙草“石斛花”在云雾缭绕中摇曳着嫩黄的花蕊煞是可爱。熟读经典古书的他又得知《本草纲目》里石斛花的作用。他在雁荡山所见的石斛花比其他地方的更具清灵之气。刘文标逢着这株仙草颇有点空空道人遇上绛珠仙草的味道。只不过后来绛珠仙草转世成了一位才情兼具的灵秀的美人儿。而这位现代商人刘文标则把这株仙草引出了大山，研发成了一种治疗现代病的养生茶。

虽然少了一分空空道人的浪漫，但多了几分实在。

然而“云谷圣草”是稀少的，因为种植条件比较苛刻，对环境的纯净度要求较高，所以产量很少。

“只有有缘的人才能喝到。”刘文标说。

临了，他赠我一些“云谷圣草”。再度让我欣喜。

我想，这也是与我结缘的一种表示。

临走他又赠我一句话："每个人都可以有自己的独特个性品牌，你的品牌就是你的名字'韩晓露'。"

这又是一种极现代的思想了。而且，又让我的心头一热。

辞了刘文标出来，我回忆他的模样，又想起他积极入世所做的各项工作，几番里让我回忆咀嚼。

这位种仙草的刘文标不简单啊。他不仅疗人体疾，还疗人心病。既是导师又是实干家，实在是让人感慨。

刘文标今年42岁。

正处于事业的巅峰时期。

住在古银杏林里的"好和堂"钱敏

我的散文集《人间有味》的研讨会开完之后，有一位两年前经当地人大主任韩伟方介绍认识的"好和堂"老总钱敏邀请我去她的家乡，参加一个茶会，同时嘱咐我多带一些我的散文集《人间有味》去，说是茶会上会有人要买我的作品。也请我在茶会上作些演讲，让更多的人了解我的作品。

我当然欣然前往了。

我与钱敏仅有一面之缘，我之前去过她开的门店，那是一家名为"好和堂"的茶叶店。专门售卖长兴紫笋茶。临别她赠我不少自家产的茶叶让我带回家品尝。这些茶叶都是当年开春新采的极新鲜的高山野生茶。我拿回家后放在紫砂杯里冲泡来饮用，见茶汤清冽，入口甘醇，大有茶中精品之感。后来得知这紫笋茶还是有渊源的，当年茶圣陆羽曾经隐居此地，将紫笋茶制作成了大量的茶饼，作为贡茶，贡献给当时的大唐王室作为御用茶品。千百年下来，有历史积淀的紫笋茶，一直生长在这片云雾缭绕的长兴深山里，产量虽不多，但皆为精品。

后来一次机缘，又得好和堂钱总赠送的一箱紫笋茶。我分一些给友人品尝，懂茶的人品后，都赞赏有加。

事后得知这位好和堂的主人素来好客，结交各方名流，据说这次茶会上也有不少当地的名流和大德高僧参加。

这天上午，我在亚洲学堂听黄亚洲老师授课完后，带着一行李箱的《人间有味》散文集到了“好和堂”的茶人之家。

一下高铁，就有车子停在门口接我去“好和堂”，说是等了我好久。

车开许久后，见一片银杏林，郁郁辉煌。原来“好和堂”就在知名的长兴古银杏长廊的入口处。

一下车，见周围很静，只有鸟鸣声和风吹过银杏林树叶沙沙的声响。清冽的空气直传入我的肺腑，我深吸一口，感觉肺像被洗过一样。

钱敏穿着一席麻衣长衫熟练地做着茶艺，门口散坐着一些茶友，还有披着袈裟的茶僧，在座的还有当地政府领导。

茶聚在钱敏的家里举行。钱敏的家在大山脚下，背靠青山绿水，有几亩见方，种着不少花木和果树。院子中间有一间大茶室，茶室门口摆放着一口古老的石臼，石臼里养着几尾金鱼。茶室中间供奉着茶圣陆羽的塑像，茶室的角落里还放着一架古筝。

这架古筝是钱敏读大学的大女儿的爱物。院子经过钱敏的先生精心设计，钱敏的先生精通周易懂风水，所以院落里的各种摆设皆符合环境科学原理，在院里小坐、行走，非常惬意。因为常年在这里以茶会友，所以院子里飘着淡淡的茶香味，合着银杏林清新的气息，深吸一口，人是要醉了的。

我到那会，茶聚已经举行到了一半，我加入其间作讲演，讲演完了，我拿出一沓《人间有味》来，没想到这一沓书刚拿出来就被这些茶友们争抢一空。最后，不仅我带去的那些全被买走，还欠下好几本的债，连我之前赠送给好和堂钱总的那本也被别人买走。末了，我只能对钱总说，下次有机会见面再补给她。

活动结束后钱敏12岁的小儿子和我聊天。钱敏说，儿子很喜欢读我的《人间有味》，来之前，他已经把书里的一篇文章在茶会上大声朗诵了一遍。他最喜欢我散文集里的一篇名叫《白玫》的文章，他看了好几遍，来之前那天晚上，还念给母亲钱敏听。得知我要来，他特别开心，见了我，就坐在我的身边和我聊着天，还拿出他的老师写的书来给我看。聊了半天还不肯离开我，最后遵照母亲的嘱咐弹了一会钢琴给我听。钱敏说，小儿了从小就学弹钢琴，而且很喜欢文学，阅读面甚广。

受了这番热爱和追捧，我兴奋异常。

活动结束后，钱敏将我留宿在这片银杏林里。当晚我激动得睡不着觉，写下了一首小诗——

古银杏林

这山里的宁静

茶是最平和的甘露
把焦躁的心情抚平
因一场茶聚我来到了这草木葱郁
银杏成林的地方
在这金色的银杏叶铺就的山径上
我遭遇了大山里的热情
那些被我的铅字印满的纸张
瞬间被爱书的人掳去
面对这一双双爱书的眼睛
我的心如同呼吸了山里最纯的空气般惬意
他们对我的文字的追随和热爱
让我陷入一种迷醉之中
当我的那些铅字被一摞摞地抢走的时候
炙热的成就感灼热着我
我跑去山野深处
呼吸一口最纯的草木清气
我想暂时让我的头脑清醒
以便我的心不在这片质朴里因这些追随而飘忽不定
如梦般的山霾开始升起来
我兴奋得无处躲藏
我想遁迹在这片银杏叶丛中
让这片金黄像铠甲一样将我埋藏
让我把所有的羞赧、感动、激情
都消散在这山野的芬芳里

第二天早上，鸟鸣声把我唤醒。钱敏说要带我去银杏林散步。

银杏林以一片极自然的状态迎接着我，它们三两株落在葱翠的草地上，金色的黄叶瑟瑟迎风，地上铺着厚厚的一层黄澄澄的落叶。在这晨雾迷蒙的初冬的早晨，飘着极细小的雨丝，有些红喙黑翅的喜鹊扇着翅膀穿梭在这片金黄里。清晨的雨滴以另一种迷人的姿态进入我的视线来拥抱我们，我们在极度清新的空气里散步、呼吸、远眺，见一缕阳光穿透黄色的银杏叶来覆盖我的发丝，前面是一幅极新鲜的图案，朝霞的霞光笼着飞鸟的翅膀，风把雨滴吹散，银杏叶萧萧迎风。我与钱总聊着天。我总觉得她的谈吐里有一种如这山野清冽气息般的气质，淳朴而干净。

她向我倾诉着衷肠。她说，她有50亩土地，一家专门生产银杏果粉和银杏茶的工厂，但最近遇上了一个坎。

好在她有很多朋友，能帮她跨过。她说：“我对儿子说，只要妈妈在，家就在。”

过这个坎后，她还想投资做民宿，在这山野继续以茶会友，结交各方文友。即便生意做不大了，她还背靠这片银杏林，还有朋友相伴，与朋友们整日喝茶聊天，谈人生，也是一种惬意。

后来，离了她，我回杭州后，因为做采访相识的一些朋友的缘故，帮她做了牵线搭桥的工作，希望帮她跨过这个坎。于是她就坐着高铁来杭州与我相会，与我的那些朋友喝茶聊天，谈着生意上的事情。

不知我的努力能否帮上她的忙。

钱敏说，不管帮不帮得上忙，她都从心底里表示感激。

自始至终我被她的这份淳朴而深深地感动着。

其实，即便她不再做什么，她所拥有的已经是生活在喧哗都市里的我所羡慕的了。

进一步，她可以在生意场上做得风生水起，退一步，她可以隐遁山林，与一帮文友饮茶畅叙人生。

林语堂曾经说过，中国文人最向往的生活就是“一半出世，一半入世”。在如意时信仰“儒教”，在失意时信仰“道教”。

而钱敏，已得了这番潇洒。

我想这位做茶叶生意的“好和堂”的钱敏，不仅仅是一位商人了。

她的生活态度是浸透着中国传统哲学思想的。

闲敲棋子落灯花

每每心情烦躁的时候，我就会想起宋代诗人赵师秀的一首诗：

约客

黄梅时节家家雨，
青草池塘处处蛙。
有约不来过夜半，
闲敲棋子落灯花。

多美妙的诗句，多美妙的心情。“有约不来过夜半，闲敲棋子落灯花。”诗人虽然等客人等到半夜还没来，但他听得那池塘的一片聒噪的蛙声也不觉得烦躁，还会有几分诗意盎然于胸，这全然是一种闲情赋予他的雅趣。

常常听得身边的朋友感叹事物繁杂，不知道怎样才能觅得清静。其实只要学学古人，心情闲适了，一切就闲适了。想那丰子恺，他在辛苦写书、画画谋生的当儿，偷闲观看两只蚂蚁打架都能看出一番深意来，写下洋洋洒洒几千字的颇耐人咀嚼的文章，这也是心态所致。

我有段时间也学赵师秀和丰子恺，学那些旧式文人的模样，放松心情，努力在周遭的繁杂之中寻觅闲适或者清静，还写一些诗文以自娱。

自从开了散文集《人间有味》的研讨会后，一段时间里，约会我的朋友有些多，所以滋生出一些烦躁来，为了平和心态，我在其中挑选出一些清静或优美的地方赴约，并以从中觅得一番诗意为乐。

这么想着就赴了一场高中同桌迎的约会。她在杭州五云山附近的茶叶研究所工作，说是想看我出版的两本散文集。五云山那一带以前我和一帮驴友爬山时常常路过，山不甚高，但山坡上是大片的茶园，每到开春季节，漫山遍野的矮茶树萌发出一丛丛嫩绿的芽尖尖，煞是好看，冬日里虽然没有嫩绿的芽尖尖好看，但逢着阳光灿烂的日子，会有好闻的茶香味被阳光晒了弥散在空气里，特别好闻。因了这清雅的环境，我欣然赴约。

那天，我带着儿子，让先生开了车，亲自把散文集送去。一来送散文集，二来顺便看看风景，和老同学拉拉家常。

到茶叶研究所的时候已经到了中午，迎离了岗位陪我们全家逛茶园。

茶叶研究所背靠着五云山，在山坡脚上开辟了几块茶园供研究。研究所的矮墙围着几幢不算太高的建筑物，建筑物中间有一处小院落，种着一些花树。正好逢着蜡梅开花，一整树的蜡梅被细碎的阳光惹了散发阵阵幽香，被风吹拂着，沁人心脾。

那天天气非常好，呈现出标准的瓦蓝色，天上还飘着缕缕白云。茶园里的矮茶树郁郁葱葱，有几只母鸡在茶树丛中散步。茶园边上还有一个篮球场，一群小伙子光着膀子在那里打篮球。我们聊着孩子，聊着各自过的小日子，非常惬意。空气很清新，一切看起来很美。我禁不住写了一首诗：

茶园漫步

深绿色的茶园
触摸着蓝天
白云是过往的宾客
风吹来茶香味
有母鸡在矮茶丛里昂首阔步
冬日的太阳居然是猛烈的
把一边打球男孩们的光背脊晒出了油
在这温暖的午后
我与少年朋友间的友情
在继续发酵
就像茶的清爽

以及蜡梅的芬芳
那样地沁人心脾
肆意流淌

迎在读书时，可是班上的高才生，理科成绩尤其突出，记得那会儿我们的学号是依照学习成绩的优劣来排的，她当时的学号是第一号。在高才生云集的杭州二中，能排在第一位是一件非常不容易的事情，可见迎的优秀。我读高中那会儿，成绩不怎样，理科尤其落后。老师把我们两个安排同桌，也有让她帮助我的意思。一转眼二十多年过去了，她在茶叶的清香里找到了自我，而我则在文字里觅得一番清静。可谓各得其所，各有其乐。

但迎说她很向往我现在的生活，那样地诗情画意。

“其实这番诗意是自己寻找的。”我说。

茶园漫步结束后，我们在附近的农家要了几碟小菜。太阳暖融融地照在身上，有几只小猫在边上赖着不走，儿子把菜从盘子里夹出来喂这些小猫。儿子刚满两周岁，还不会用筷子，两支筷子合不到一块，好不容易夹起的菜蔬，又会滑落到盘里，他就不厌其烦地一次次夹，一边夹还一边召唤着小猫咪，看着他笨拙而可爱的样子，我们忍俊不禁。

边上有农家在翻修着房子，这个村落的房子经统一规划设计后建成，青瓦粉墙，一户一栋三层高的独立小别墅。这模样可比西溪边上的别墅群。

“农民的日子过得很惬意啊！每天搓麻将，嗑瓜子，年终又能拿地租，哪像我们业绩全靠自己做出来，压力很大。”迎说道。

迎每日里和这些农家相处，知道他们生活得闲适无忧，所以颇有些感慨。但在我眼里，迎的日子也很不错，整日和青山茶园相伴，办公的院子里一年四季还飘着各种花香。

但迎说她常常要加班，有的时候还要加一整夜的班。

那天迎说因为我来，找了个理由“偷得浮生半日闲”，来陪我叙旧，逛茶园，挺惬意。

然而这种惬意是不常有的。所以迎很羡慕我的自由和洒脱。

但是相比其他人，迎已经够幸运的了，她至少还能在工作的时间抽空陪老同学一个中午，这比起那些朝九晚五的白领族来说，已经闲适多了。

我对迎说，其实生活的诗意是要自己寻找的。有的时候也看心态。

黑格尔曾经说过“美在于发现”。同样地，在快节奏高压力的今天，诗意也在于发现。只要有良好的心态，生活处处皆诗意。

对于我的这番话，迎点头表示赞同。

这时候，风起了，茶叶的清香四下里散开来，阳光依旧很暖。“多美的地方啊!”迎不知道，她在羡慕着我的时候，有很多人也在羡慕着她。

其实，每个人都有让别人羡慕的地方。

只有静下心来，安于自己的生活，才会真正体味其中的美和乐，包括偶尔能感受到的诗意。

于是就会感恩生活所赐予的一切。

这样去体味了，生活里便常常能遇得“闲敲棋子落灯花”般的美丽。

第四章 偶寄的闲情

还单身的胡丹

初夏的一个周末，胡丹在西湖边逛着，她的紫色长裙被西湖的春风吹成了一朵喇叭花的模样。这条裙子还是她早几年在北京燕莎商场买的。朋友都说这条裙子很美，把她玲珑的身材衬托得凹凸有致。

走到西湖春天的时候，胡丹的微信好友萌在呼她。她发了一个懒懒的表情给她。

此刻，她想一个人静一静。

刚刚过完生日，胡丹今年刚好三十岁。可还是单身一个。不是没有人追她，只是……她说不出为什么。

又一阵春风微拂她的发梢。

胡丹打了一个寒战。

想起童年的小伙伴俊哥了。她给他打了一个电话。俊哥说，来吧，来我的五金店玩吧。

胡丹打的去了俊哥的五金店。俊哥刚结婚不久，娶了一个丽水女孩。丽水女孩长得胖乎乎的，不过还可爱，年初刚生下一个长着一张苹果脸蛋的小男孩。俊哥这下老婆孩子热炕头的，五金店又新雇了一个伙计，平时也没啥大事，整天乐呵呵的。到了俊哥的五金店，胡丹送了俊哥刚出生的儿子一只河坊街买来的红孩儿拨浪鼓。小家伙拿在手里波浪波浪的玩着，小家伙还不太会说话，却咿咿呀呀地叫着往胡丹怀里钻。俊哥说："这小子就喜欢美女。"说得胡丹脸红红的。

想起小时候那会，胡丹在她们的院子里算是一朵花，好多男孩子喜欢跟她玩，尤其俊哥跟她最热乎。有一次，俊哥牵着她的手偷偷跑到院子后面拉着她转了一个圈，还问她喜不喜欢他？胡丹当时脸红红地跑开了。后来这事被俊哥的老妈知道了，狠狠地揍了他一顿。自此，俊哥见了胡丹连手都不敢牵了。

想起这件事，胡丹就有些郁闷。要是那会就和俊哥……她今天就是五金店的老板娘了。

她看了一会儿俊哥，又跟俊嫂闲聊了一会儿。俊嫂要给胡丹介绍一个小伙子认识，胡丹说算了。找对象这事，靠别人介绍总不太靠谱。

聊着聊着快到晌午了，胡丹辞了俊哥夫妇俩，又打的去了西湖春天，点了一锅海鲜粥，慢慢啜着。

这日子，过得有些无聊。

胡丹的微信好友米兰又在唤她下午去打麻将。

胡丹不太喜欢打麻将时的那种味儿，就谢绝了。

下午她还是打算在西湖边走走。

走着走着，西湖的风把她的裙子一会儿吹开，一会儿收拢，有几个男孩子对她吹着口哨。胡丹不敢跟他们搭讪，找了湖边的一家咖啡馆坐下，要了一杯拿铁。

然后她打开手机，玩了一会游戏。很快，太阳就偏西了。

胡丹打了个优步回家。老妈跟她说明天给她安排了一次非常有趣的活动。拗不过老妈，胡丹答应了。

第二天，老妈安排胡丹在茅家埠喝茶吃饭。胡丹其实挺烦这个地方的。不过老妈喜欢，她只能顺着老妈的意思去做。

到了那边，抬头一看，对面端坐着一个看起来挺正经的男孩子，穿着一身黑西服，戴着黑边眼镜，白白净净的。看见胡丹，男孩子挤出一丝微笑："胡丹好。"

胡丹有点想笑。

"我在大学实验室工作，年薪9万。"

"哦。我在网上开淘宝店。"

胡丹胡乱说着。

"哦，你除了做大公司的营销经理还开淘宝店？实在是太让我感到意外了。"

胡丹见他的脸绽放得像朵大白菊花似的，扑哧一下把含在嘴巴里的水笑喷了出来。胡丹拿出餐巾纸边擦着嘴角，边不好意思地连说："对不起，对不起。"

那男的一脸尴尬。

然后说，要不这样，我们互加微信号，微信里聊吧？

胡丹很讶异地拿眼角瞟了他一眼。

对老妈说："老妈，我有一个会议要开，快来不及了。"

赶紧收拾了小包，头也不回地离开了茅家埠这家小茶馆。

剩下老妈在后面着急地唤着胡丹的小名，一边还跟那个男实验师道着歉。

胡丹打了个优步去了西湖边。

哪有什么会啊，今天又是逛西湖。

胡丹在西湖边又自个转了一个漂亮的弧度。把自己的长裙转成了一朵喇叭花。

又有男生对她吹起了口哨。

胡丹还是不理睬他。

想起自己的婚事，她对着远远的保俶山眺望着，哼起了小调。

在天堂遭遇的烂漫

初夏的一个傍晚，夕阳把天空染成了玫瑰色。男孩所住的城西也笼罩在一片玫瑰色的暮色里。

男孩像往日那样，漫步在城西的街头。风吹拂着杨树的叶子，散发出阵阵清新的气息，石榴花开得正盛，一朵朵像小灯笼般，耀人眼。

然后他看见那滴千年前的桃树汗液包裹的一些凌乱的蚂蚁脚印，居然成了红酒瓶盖的装饰，被放进玻璃柜里，闪烁着自己的晶莹。再走几步，他又见一串亿万年前菩提的泪珠，被商人编织的故事串起，用各种福语包裹，摆在供桌前，它们让他勾起了某种情绪。这种情绪里含着玫瑰的色彩，带着斑斓的光，就像一朵栀子花在夜色里擦着月光后散发出的幽香，就像诗人轻盈的脚步，被亿万年前的一场邂逅纠结缠绵。

一瞬间让他想起一段往昔的时光。那个青年，他青涩的歌声，以及桃树下害羞的目光。他的歌声里带着所有青春期的浪漫和期许，带着如潮水般的爱意，还有点蓝色的忧郁，那歌声却灿烂如春霞。

那个夜晚，当男孩散步在西子湖如梦如画的风景里，看着远方如血的夕阳的时候，总让他想起很久以前认识的一个女孩。

那时，他坐在大学校园绿色的草坪上弹奏着吉他，那双会说话的眼睛，仿佛要将所有的衷肠倾诉，而他对面坐着的那个她，是一个长发素面的女孩，有着谜一样的眼睛、梦幻般的年龄。

这样的景象，这段美妙的时光，印刻在他的脑海里，久久不能拂去。那曼妙的吉他的乐音，仿佛能让失忆的双眸瞬间找回春天的色彩。

若干年后，男孩女孩毕业了。

因为一次小小的事故，女孩失去了记忆也弄丢了工作。

男孩也渐渐把这个女孩忘记了。

直到有一天，在一个街角，男孩遇上了女孩。她依然长发素面，依然美丽。

男孩叫女孩的名字，可已经失忆的女孩，怎么记得起那曾经的浪漫?

男孩哭了。

他用最优美的嗓音唱了一首他曾经唱给她听过的歌谣。

女孩的眼睛眨了一下，把双脚挪动着往男孩身边凑。

男孩拉起女孩的手，奔向那片草地，还是那个校园，还是那样的嫩绿。

在这块草地上，男孩点起了蜡烛，再一次弹起了吉他。

那韵味如梦幻般飘散开来。

女孩沉沉睡去。

于是男孩看见了各种色彩，只见一片华丽婆娑，各种美景各种美丽的姿态妖娆而婀娜。

在女孩沉沉睡去的时刻，男孩仿佛依稀看见花朵像最美的烟火在多彩的天空绚烂绽放。

直到女孩醒来。男孩微笑着牵着女孩的手逛了曾经与她牵手逛过无数次的校园。然后女孩幸福地哭了，她的眼角挂着泪，嘴角带着微笑。但她依然想不起男孩的名字。

男孩与女孩在城西的一片晚霞里分手作别，临别时男孩赠了女孩一串包裹着心泪的玛瑙，是他从城西商人那里买来的。把玛瑙放在女孩手上时，他说："这是我的心泪。"女孩用美丽的大眼睛看着他，然后向他道谢告别，临别时，她还是想不起他的名字，想不起她与他的曾经。

过了很久，男孩弹起吉他，想起那天的那一幕，还是让他心动不已。

他将这段过往用最美的文字包裹成一滴心泪，供奉在书桌前，成为绵久的一缕馨香，化作阵雨，缭绕心间。

这天堂的烂漫，奇异而哀伤。

安和林

又是江南梅雨季节，好不容易，天放晴了，安独自一人出门去买菜，遇上一辆吉普车停靠在霓虹灯闪烁的角落里。这回走的是正道。一个理着光头，留着小胡子的农民在那里卖着一些玉米、丝瓜、葫芦、茭白什么的。看着挺新鲜的。

安以为这留胡子的农民似乎有准备似的，又似乎曾经认识，每天都在这个时候出现在这条街道上。

也不是因为什么，只是觉得这些菜蔬特别有魂灵，透着晨露的芬芳，让人感觉到新鲜，但常常就是这么几样蔬菜看着顺眼：玉米、茭白和丝瓜。

安也顾不上这些，理了理自己的头发，拢了拢绣有花边的衬衫袖口，径自上去捡了起来。偶尔她会抬头看一眼卖菜的老农的模样。就觉得这个卖菜的老农似曾相识，仿佛在很久以前就熟识，不知是不是自己在年少时下乡体验生活时识得的一位老乡。但是时间已经隔得太久，实在是想不起来这位老乡的名字。老农呢，也很有意思，每次都会悄悄地给她买的蔬菜打些折。

连续几天，安也觉得有些奇怪，有的时候也不想去买这些蔬菜了，但是因为这些蔬菜实在是新鲜，所以就忍不住每天一早就去买。

临出门时还不忘看看刚刚透出云层的朝阳和周边的云彩。

安每次拎着菜回家，总会惹得楼上的童眼热，童也觉得安每次买菜的样子很是有趣，常常想跟踪着前往，但总是跟不住，一拐两拐的，安就不见了。童看着安的样子，想起以前相识的一位女友雅，也是这样优雅，也是这样顾家，也是这样袅娜着脚步出门买菜蔬。一想起以前的女友雅，他就会揪心地疼，然后拿出一瓶白酒来刺激一下自己的心脏，也许这样就不闷了，没想到越是这样就越闷，越堵得心慌。这时候，他现在的女友林就会提醒他，这样的季节，在江南是常见的，不能喝白酒，越喝白酒，就越心慌，而应该吃一些葱姜蒜之类的东西。这么一说，童就又觉得林好了，不再记得以前的那个女友雅了。

安呢，也挺有意思的，每次买来好的菜蔬都会分点给楼上的林吃。安很享受姐妹之间的亲昵，但是童却觉得没意思，常常会拎着一瓶白酒出门吆喝着几个哥们一块喝酒。这样一来就愈发郁闷，就愈发想念自己的前女友雅了。

林有时觉察到童的冷淡，但又不知为什么。见童独自出去了，林也会独自一人出门溜达，去看一些风景，虽然看起来有些孤单的样子，但外面的风景总是让她觉得稍微好受一些。她总觉得童的冷淡似乎与安有关，是不是跟安每日买的可口蔬菜有关，因为她有一两次，看见童尾随着安出门买菜，但又觉着这道理说着不圆乎，连自己都觉得好笑。

有一天回家，林看见安送了一箱啤酒放在自家门口。林把啤酒搬进了家。等童回家后，就拿起一瓶啤酒给了童。童咕咚咕咚喝下去，一连串饱嗝打出后，就出门散步去了。林看他挺高兴的，就自个锁了门，下楼去和安聊天，问她在哪里买的新鲜菜蔬，怎么做鱼虾更美味什么的。安说了在哪里买到的菜，但林听着，一时也搞不清是在什么地方买到的。于是林就一边跟安聊着一些不着边际的话题，一边学着安的样子和她一起做些菜肴。直到菜肴全做完了，安嘱咐林端些上楼给童吃。

然后林上楼见了童，见他已经回来了，手里又拿着一瓶啤酒，打着饱嗝，他已经醉了，而且一股酒气，林费力地把酒气熏天的童搬上了床。没想到童在那里居然喃喃着喊一个人的名字，林细听了，好像是叫“雅”。

“雅”又是谁？不是安？

林把她与安学会做的菜肴放在桌子上，她想等童醒来后跟他一起吃。

等了半天，童酒醉还没有醒来。林就掩了门出去。

她走到不远处去赏风景，刚下了一场梅雨，林见所有的景致已被这场江南梅雨给毁了，一片水泽将路边的花草也淹了。林有些感慨，再想起那个名字“雅”，有些小郁闷，但转念一想，又能有什么呢，看着远方的一片水泽地，她缓缓地舒了口气。

这时候，她的手机响起来了，是童给她发的短信：内容是，“我一觉醒来，不见了你，你去哪了？”

林一看，忽然又开心起来。

她迅速地回了家，奔跑着上了楼。路过安的房子，见安在那里焚着檀香，练着书法。

林一笑。

见童早已打开了大门说：“你出门去哪看风景了，也不知道告诉我一声？”

这时候楼下，“啪”的一声震天响，原来是安把大门给关上了。

林和童相视一笑。开始对坐着一起吃饭。

“今天的手艺不错。”童边吃边说。“跟安学的。”林说。“哦。”童若有所悟。

“雅是谁？”林问。“忘了的一个人。”童回答道。

林和童都不说话了，各自埋头吃起了饭。

“过两天我们把结婚证给领了吧。”童说。

“哦。”林回答。

两人依然不语，继续吃饭。

梦想花开

第一次看见妙空的时候，她就像一朵刚被雨露滋润过的玫瑰，虽然带着刺，但是非常妩媚。一双如梦般的眼睛仿佛深藏着许多秘密。

再一次看见她，她把我带去了一间会所。我看见一尊元代绿度母的白玉雕像静静地矗立在佛龛里。会所很静，但有檀香缭绕，然后她拿出一件非常考究的丝绸袈裟来给我看。我看了之后觉得有几分诧异，不知她从哪里弄来的袈裟。然后她又带我去了一间密室，小心翼翼地捧出一个盅来，说是某某高僧的舍利子。我想，舍利子不就是僧人死后所遗留的头发、骨骼、骨灰吗？但我没有说出口，因为我不是佛家弟子，我知道这里面有很深奥的学问。所以话到嘴边又吞了回去。

然后她又把我带进了一间她主持的寺庙，在城里最美的地段，非常幽静，据说是韩国禅宗的发源地。我在这座寺庙里小坐片刻，只见这座寺庙里除了庙堂佛像之外，每年初春还会办一些鲜花展。她把我引进了她的方丈室，她虽然只是一个居士，但却是这座庙里的负责人。房间里燃着很好闻的香。她跟我说起了她想化缘的事情，说是这家寺庙地处城里最美的风景地段，雇了不少劳工，经营起来很是费力之类的，云云。

我且只当听过，并不觉得有什么引起我兴趣的事情。只是看她有几分眼熟，好像在哪里见过似的，又一时说不上来。

她又用娴熟的技法给我泡了一杯金骏眉，我以为她会给我讲什么动听的故事。结果她又给我讲了一番寺庙经营苦闷的事。

我实在是听不下去。

就出去转了一圈。

寺庙虽好，静而雅致，但转经阁一处的工匠技艺略显粗糙。她见我转了一圈之后依然不怎么快乐，就牵着我的手让我去庙里的茶室小坐。

她又给我泡了一杯好茶。我也不怎么懂茶，就听她在那里不停地说些寺庙里劳工难管的事。我也听不太进去，就想出门去转转，因为临风景区近，很想去透透气。

她又拉住我，跟我说了很多不相干的事情。不觉就天黑了，有不少蝙蝠飞进茶室，我略有些害怕，只想告辞出门。没想到她又拉住我的手，唤着我的小名，让我再小坐片刻。

天全黑了，我看见寺庙里只有几盏坐地路灯亮着。也没有很亮的路灯，更不见彩灯，连庙宇大堂里的灯都很暗。

就不敢再坐了，起身告辞。

我以为此番分别，她不会再记得我，我也不会再记得她了。

没想到不出几天，因为寺庙组织水仙画展，我应邀去采访，又遇上了她。

这次相遇她又拉着我的手，带我去寺庙里里外外逛了一个遍。还带我去看了寺庙里面的两间客房，也挺雅致的。据说这几间客房是为她的师兄们准备的。

逛着逛着，她似乎想说什么，但又欲言又止的样子。

末了，她突然眼泪汪汪地拉着我的手，央我带些贵客去她的寺庙小坐。

我也没有怎么答应下来。

直到有一天，她又给我打电话，又泡了好茶，设了一些点心热心款待我，我才给我的几个所谓的贵友打了电话，没想到，他们居然对这座寺庙非常感兴趣。

有几位朋友居然还带着自己所谓的贵客好友来了。

这下她的寺庙一下子热闹起来了。

我想她从此可能不再寂寞了，也不再眼泪汪汪了。

没想到这之后没多久，她又给我打电话邀我去寺庙小坐，说自己缺钱花。我去了，她眼泪汪汪地说了她的身世。原来她自小失了母亲，14岁的时候，一场大火又把她家里烧得片瓦不留，一个和尚把她从大火里救了出来，从此她就跟了僧家，然后在这风景如画的寺庙里做了主持。偶尔还去韩国那里和别的僧家交流交流。

我只觉得她颇有些苦楚，但又不知怎么帮她，所以不常与她联系。

有的时候想起她来又觉得带着几分伤感，但又说不上来这份伤感从何而来？

好好的女孩儿，身世怎么会这么坎坷？

我不懂经营，但听说她好像喜欢一些字画，就常常带着一些有点知名度的书画家去她的寺庙参观，她那里也备着些好墨好纸，书画家一时兴起也会挥毫泼墨一番。

她其实也不懂字画什么的，常常会私下里跟我抱怨，这些字画值不了几个钱云云。

弄得我有些尴尬，也不想再去她的寺庙，也不再想她。

只是偶尔路过那家寺庙，想进去看看她，但常常是庙门紧闭，也不知她是不是还在那里做主持，所以就不忍心去叩门打扰了。

最近有一次水仙花展，又是在那座寺庙里举办，我因为要去采访的缘故，进去参观了一下，却不见了她。然后在她的 QQ 空间里看见她的近照，见她长胖了不少，也白了，也好看了。

我就不再惦念着她了。

直到有一天，忽然听说他的一个师兄出了事情，据说原本每年固定投资给她的钱突然全成了泡影，又听说她为了这件事几乎想在寺庙里拴根绳子了却此生。

听说这件事儿后，我颇有些伤感，有点想落泪。给她打了几个电话，她都不接。

于是就忍住不去想她。

只是偶尔有朋友请我喝好茶的时候，我才想起她优雅斟茶的样子，就有些想念。

又想起她的寺庙里那悠远绵绵的钟声，就写了一首诗赠她。

梦想花开

莲花一朵用舍利子打开

五彩的世界里只有梵音呢喃

把禅意写进茶里

只有不停的木鱼声敲击着
心扉

亲爱的人儿啊
是否依然能听得见
春暖花开的声音

现在的季节本该春暖花开
却冰冷如霜
想去再看那片花海
却要再度装扮成孩童的模样

谁能解诗人的心伤
那番如花的模样
却把世界来躲藏
哦——
谁解这番心伤?

写完后，又不知怎么给她，就略有些伤感。常常想起她说的那句话:“我想结婚，而且我要很多很多的钱，要很多很多。”

想来她快40岁了吧。

又过了一段时间，听说她在40岁生日的时候，她的一位师兄给她在上海开了一场个人演唱会。据说到会的有很多著名企业家。她发了一些现场的照片给我们看，只见场面很隆重，她也很美。

这次演唱会后有很多商业上的巨擘要和她合作。

她主持的寺庙一下子不愁香火钱了。

我想她应该不再愁闷了。

果然，等我再打电话给她时，她说她去韩国旅游了，而且有一位单身的钻石王老五陪同。电话里她很开心的样子。

我接着她的电话时也笑了。

我想她离她小小的人生梦想应该不远了吧。

回丁凡的老家

自从嫁给丁凡，张丽就被丁凡吵嚷着要回他的老家。

丁凡想着两人婚房还没有按揭完，车还没有买，怎么有脸回老家呢?

但是丁凡拗不过老家父母一次次地催："新娘子长啥样，我们村里人都嚷着要见呢!"

终于到了天热的时候，张丽拗不过丁凡的纠缠，跟单位请了一个小长假，跟着丁凡下乡去，回他老家。

下了飞机，转了一趟车，终于到了丁凡的家。

丁凡家的村庄离着市区有点远，傍着一条大河，倒有几分宁静。村里有一些清澈的小溪和一些绿植，还留有一些绿油油的田，一家木材厂。就这青山绿水的模样，看着还有几分张丽老家——那个著名的江南小镇的味道。

也就这些张丽感觉着还有几分习惯。

只是张丽第一次跟着丁凡回他老家的时候，受不了乡里乡亲的热乎劲儿。

东家阿妈、西家阿姊，拉着她的手坐他们家的热炕上。还把自家的花生红枣什么的往她兜里塞，尽说些早生贵子之类让她听着害羞的话。有一个老乡，还站在自家房梁上往丁凡家瞅，招呼着各位乡亲，大声地喊着:“大家快来瞅瞅，新媳妇模样真俊俏啊!”

弄得张丽脸上红一阵，白一阵的。

住了几天，张丽有点烦，想回小镇。

但是丁凡不肯，关键是丁凡的父母想着儿媳再在家里待上几天。

说实话，丁凡老家的宅子还挺大的，估摸着有占一亩多地的方儿。四周种了很多树，树在院子的地底下又结成了一张大网，所以，丁家不缺水，只在院子里打了一口浅浅的井，用水泵一按，便有汩汩的地下水不停地往外涌。

这些树还结不少果子：苹果、石榴、梨子、枣、核桃……一到秋天，光院子里的那些果子就吃不完，用最时髦的话来说，这些可都是绿色食品，在张丽老家卖得可贵呢，而且还买不到。

说实话，要不是还要回去工作，在丁凡老家待上一段时间，还真有点小趣味。

丁凡家还种一些花树，很大的树枝，很大的花朵，光花冠就有一只小脸盆般大小。

没事的时候，丁凡就采一些花给张丽。然后张丽就把它们的花瓣一瓣瓣摘下来玩，洒得满院子都是鲜花瓣。

因为是夏天，丁凡家有些苍蝇和蚊子，丁凡就在房间里燃上一些灭蚊的蚊香片。

这时候，丁凡的父母就会唠叨几句，“烧点草灰就好了”。

张丽受不了草灰的味儿，就隔三岔五地去不远的集市上买一些蚊香片来点。

这么待着就好几天过去了。

闲暇时还跟丁凡去地里转转。

丁凡家里没有几亩地了，只够自家一年四季的吃食，这些粮食也不售卖。几垄地的周围还种了很多树，这些树都不结果子，没几年就成材，成材后，就往外卖，一棵树可以卖得好贵。

丁凡的老爸闲暇时还给村里的木柴厂做些会计的活计。

这样一来，丁凡家的日子在整个村子里还算小康。

待了几天，张丽身上长出了一身的痱子，想找地方洗个澡，丁凡说，在家里洗呗！张丽不习惯在他家洗澡，也没跟丁凡和公婆说一声，就自个出门去找澡堂。

结果走了半天到了村口，才发现没有澡堂，只有一家理发店，张丽就一个人在那里理了发。

才刚理了一半，就听理发店外，有人叫她的名字。然后见丁凡急吼吼地闯进来。见了张丽，脸膛儿涨得很红，说："你上哪了？爸妈找你半天了！"

张丽就剪了一半的头发，匆忙让伙计洗了，急吼吼地坐着丁凡家的电三轮回了村子。

回到村里才知道，丁凡家要为新媳妇第一次回门办酒咧。

屋子里坐满了七大姑八大姨，还有街坊阿嫂妯娌姑姑姊姊什么的，都要看张丽的俏模样。

张丽拘谨着呢。就拿出自家小镇里的特产糖果招待他们。

于是这些七大姑八大姨，街坊阿嫂妯娌姑姑姊姊什么的都在那里排排坐着，吃着这些糖果，拉着张丽的手，说着张丽听不懂的土话。

张丽尴尬地笑着，想着自己还没有剪完的头发，脸上白一阵，红一阵的。

这么过着，又好几天。

有一天傍晚的时候，邻家李嫂子来串门，手里掂了一块土布。

张丽看着挺有意思的，这白白的土布，看起来各种织工什么的都不错。张丽在小镇里的时候，跟一些服装店的老板熟悉，也略微熟识一些这些土布现在的行情，张丽就捉摸着，是否带些土布回小镇去，找些小老板卖给这些服装店的老板。

李嫂走后，张丽就跟丁凡商量着这件事。

丁凡看着张丽，两眼放光，说："你真是聪明，这媳妇我可真娶对了。"

第二天一早，丁凡就不见了。

晚上，丁凡回来就跟张丽说，他跟镇上卖布的商量好了，问了原产地，要了好些。

张丽又连夜发了一些邮件给老家服装店的朋友，谈价格。

就两天工夫，一转手，两人居然赚够了张丽一年的工资。

丁凡搂着张丽就笑个不停。

说："过两天带你去镇里看看，你还能淘点啥。"

第二天，张丽去了镇里，看见当地有名的瓷器，才10块钱一件，瓷器表面的釉彩之类的都是上等货。张丽又跟丁凡商量着要进了好些。

丁凡又乐了，他对张丽说："我这可是娶了一只下金蛋的母鸡啊。"

"我改行跑采购得了！"张丽揶揄丁凡道。

丁凡说，“就别回去了，待在老家过日子给我生娃，卖点货去你家小镇，攒点小钱养娃。”

这下，张丽听不进去了。

第二天，天刚麻麻亮，就自个收拾了行李，还网上订了飞机票。

趁丁凡没睡醒。

张丽就自个背着一大包的东西出了村子，来到了镇里，打的去了机场。

刚进飞机场，电话就响起来了。是丁凡的。

张丽没接，直接按掉了。

等回到小镇。

张丽刚歇了脚，打算换洗一身干净衣服，第二天去上班。

丁凡就后脚到了。

嘟嘟囔囔地在那儿说：“你回来上班也不说一声，我单位催死我了。”

几天后，张丽一把拉住丁凡，笑个不停。

然后把支付宝拿出来给丁凡看：“你看，我们这次下乡赚了多少？”

一看，六位数。

两个人抱着笑翻天了。

丁凡说：“这下，我们的房债什么的都好一次性还清了。余下钱再买辆车。明年生个娃，带着娃再回趟老家。”

“还回你老家啊？”张丽的脸又拉长了。

“说不定还能再找些生财之路哩！”丁凡说。

“扑哧！”张丽看着丁凡，忍不住笑了。

“得，等生了娃咱们再回你老家！”张丽说。

美石缘

晏紫走进这家店的时候，有点晕乎。

风把店门口的帷幔刮得很响。店里亮着几盏橙黄色的灯。店的地面上铺着一块簇绒地毯。

一切都很安静。

只有几尾红色的金鱼在鱼缸里游着。

晏紫有几个熟悉的朋友喜欢在这家店里买一些石头。

是一些印章。

芙蓉的、青田的、昌化的，还有一些寿山的田黄。

说实话，晏紫并不太懂这些石头。

但她喜欢钻研石头，一块石头上手，她会研究半天，在灯光下看，在手电筒下照着看。晏紫有各种手电筒，大多是她公安局的兄弟们送的。

她有的时候也会借一些其他设备来看石头，比如显微镜，比如紫外线的射灯。

这些看起来都非常好笑。

但是晏紫以为这是一件非常严肃的事情。

因为这些看起来非常华美的石头，在这家店里出售后会进一些拍卖场所，价格一下子就是几百倍地翻个儿。还听说，这些石头不仅仅进拍场可以身涨百倍，而且平日里只要放着，也能每年以20% 的复利增值。实在是一件太神奇的事情。

她入迷了。

她还买了几本关于印章的书籍来看。才知道古代那么多文人喜欢这些印章。

她又听说一些国际拍卖公司这几年拍石头拍得几近疯狂的情况。

晏紫喜欢这些，她觉得非常刺激。

不过对于晏紫来说，石头的意义不仅仅在于它的价格或者价值。

她喜欢一句歌词："精美的石头会唱歌。"

她还喜欢把好的石头赠给别人，然后，再说一些有关石头的故事，让别人像听童话故事那样听她讲石头的故事。

然后，听石头故事的人开始用奇幻般的眼睛看着石头，再看着她。

她顿时觉得自己脸上被镀上了一层不一样的光。

她一下子觉得自己漂亮了很多。

于是，她开始飘飘忽忽了，有种成仙的快感。

当然了，为了买到好石头，她会不惜一切代价，而晏紫所谓的不惜一切代价，就是不惜磨破嘴皮子，不惜说尽好话去买一些实际上很贵，很美，但是她能以极低的价格买来的石头。

晏紫这么做着，也不知道为什么。

她很少写书法，也不太关心篆刻之类的，更不是书法界的业内人士。但是她还是痴迷地恋着这些石头。

直到有一天，她在那家石头店里遇上了闻。

那个看起来风度翩翩的少年。

闻说，他很有才，而且还很有财。据说家里祖上是出了状元的，后来又有在朝里做官的，再后来还有去海外求学经商的。

最关键的一点是，闻也爱石头。

他也常去那家店里淘印章。

晏紫和闻第一次在小店里遇上的时候，晏紫有种触电的感觉，真的是触电，刹那间整个人就被电着了。

闻给晏紫的第一印象是像一块芙蓉石，很润滑剔透的那种。

晏紫喜欢闻带给她的那种感觉。

好几次，两个人在这家店想买同一块石头，都是晏紫买得了，不是因为晏紫出的价格高，而是因为晏紫会说话，晏紫那两片薄嘴唇，吧嗒吧嗒讲起来，就跟说唱音乐似的，迷死人了，很有说服力，一说两说下来，就把那块石头给买下了，就像跟闻抢似的，于是就很有成就感。

闻呢，有的时候，也顾不上买石头了，就愣在那边听。

每每遇见这场景，晏紫就分外得意，回到家抱着石头笑半天。

终于有一天，闻给晏紫发了邀请函，邀请晏紫去他家小坐。

还亲自派了司机去接晏紫。

晏紫坐在闻的汽车里，好不得意，因为她刚刚跟闻争赢了一块石头。

到了闻的家里，晏紫见了一座好大的庭院。

庭院里有不少珍奇植物。

晏紫就像刘姥姥进了大观园一样地看不够。

闻邀请晏紫进他的房间。

一进闻的房间，晏紫惊呆了。

房间里满屋子的石头。

然后闻笑了，说：“你知道吗？那家店就是我开的。”

晏紫一下子想哭。

然后闻又一拐弯进了里屋，一保姆出来泡了一杯茶给晏紫喝。晏紫从来没有喝过那么好吃的茶。她低头啜饮的时候，一抬头，一束玫瑰花送到她的眼底下。

“做我的女朋友吧？我观察你好久了。”

晏紫拔腿想跑。

但她突然看见屋子里有一块非常漂亮的石头。

晏紫说，这样吧，我做你一年的女朋友，你这屋子里的石头给我三分之一。

闻笑了。

不由分说地把晏紫搂进了怀里。

紫 嫣

当晨阳钻出重重日晕的时候，紫嫣开始收拾自己的红木锦盒妆匣，细数着盒子里的宝贝：绿松石的项链两串、珍珠耳环一对、琥珀戒指一枚。然后对着镜子开始梳妆，拿起一把用玛瑙珠子装饰的琉璃梳子小心地梳着自己的一头秀发。

今天又有谁来看她呢？

她看看门口，再往窗外望一下，周围静悄悄的，再翻看一下自己的手机，似乎没有任何消息，微信圈里的朋友们都在各自晒着自己的幸福，她没有跟任何人打招呼，也没有晒自己的幸福。

她提着一只小袋子出了门，里面放着一些渔具和一只精巧的葫芦。

她漫步在江边，看见一些鲻鱼在水里腾跃，她用小鱼篓小心地兜起一条最活跃的，放进装满冰块的小袋子里，再放进一些空气在里面，然后小心翼翼地封好口子。

又踱着细碎的步子去了江边的小矮山丛里，找一处活泉水的出水口子，小心地用葫芦接着这股山泉水。边接水边尝一口，任那水顺着嘴角流下，濡湿前胸的一小褟，隐隐地见她的乳峰，她有些害羞地用长发遮住了她胸前的那片濡湿，又悄悄地看了一下四周，居然，没有人。

于是她放心地提着自己的小袋子回了家。

打开门，把葫芦里的水倒在一把银壶里，放在小暖炉上熠着，水一会儿就开了。等水开后，她已经把最精致的白宋瓷杯盏放好，再放上上等的金骏眉，用滚水冲泡好。开始慢慢地品咂起来。

边品咂边想着一些事情。

想着自己怎么一路苦读出来，又怎么拿得一项最高等级的茶艺师资格，以及一连串的其他荣誉，想着自己怎么有幸不知从哪里得来的一大笔资金，不仅这辈子用不完，可能下辈子、下下辈子都用不完。

这么喝着，这么想着，居然有点迷糊起来，慢慢地闭上了眼睛。

太阳此刻正从窗棂的一角斜射进来，照在她极好看的眉毛上。这双秀眉从没有修饰过，很天然的两道，比柳叶更俊俏。她的长睫毛上还有一些水珠，不知是喝茶时沾上的，还是刚才打哈欠溢出眼角的泪珠。总之，她沉沉睡去了。

当太阳从窗棂移到她的梳妆台上的时候，紫嫣忽然醒来。

因为门铃响了。

她以为有人来拜访她，兴冲冲地趿着一双绣花拖鞋出了门。

一开门，见一个戴着帽子的小伙子朝她微微一笑说，“您的快递”。

她接过来一开，原来是她前两日从京都网上购买的一把绿泥紫砂茶壶。

接过壶，她略有些失望地回到自己的妆台。

她拿出自己前两天按照古书上记录的方法制作的胭脂，往脸上抹了几下，这些胭脂全用食料做成，没有任何污染，全天然。她朝镜子微微一笑，那笑很妩媚。

然后她想起自己的一些朋友，金陵、梦蝶、黄娜……她们似乎都很忙，只偶尔上一些微信，很久没有联系了。

还有很重要的一点，她们都还单身。

因为有了微信，这些朋友又都分散在城市的各个角落，所以很少见面。

偶尔想起，也只象征性地发个表情互相远距离地虚拟地慰问一下。

这些朋友都不缺钱，至于钱从哪里来？谁都搞不清楚，也许她们自己一时半会也想不起来。

紫嫣想起前两天约了一个记者来见面。可是这位记者姐姐好像也很忙，总是答应了来，但临来了却总是有事。

今天谁来看她呢？

紫嫣看着镜子中的自己，非常精致，非常漂亮。她偶尔发一些自拍照上微信，居然没有人点赞。她知道大家都很忙。

那么，是否要找一个另一半呢？

想起这点，就让她烦心。

从读初中开始到现在，她就没有断过男朋友，但是到了快结婚的年龄，她又不想成家了。不知道为什么？

怕毁了自己的身材？怕失去自由？怕伤了这份精致？似乎是，又似乎不是。

她就这样模模糊糊自个想了一个下午，又待了一个下午。

可是，整整一个下午，门铃都没有响起来。

快到晚饭的时候，她想起自己上午从江边兜起的那条鲻鱼，就拿出来刮了鳞，挖了内脏，拍碎了姜葱蒜，放在油锅里炸了，再蒸了一碗米饭，弄了一点小菜。晚饭就这么解决了。

直到太阳下山，这一天都很安静。

一切看起来都很精致，看起来都很完美。

就是门铃始终没有响起来。

直到快半夜了，她的手机突然响起来，原来是远在美国的父母打来的，电话里唠唠叨叨地聊了很多美国的事情还有她哥哥和哥哥的小孩的事情。

父母催她去美国。

她想了一下，还是决定不去。

去美国又能怎样？

还不是一整日一整日的寂寞。

连鲻鱼和山泉都没有。

这样想着，她收拢了自己的妆匣：绿松石的项链两串、珍珠耳环一对、琥珀戒指一枚。然后对着镜子开始梳妆，拿起一把用玛瑙珠子装饰的琉璃梳子小心地梳着自己的一头秀发。

夜幕降临。

昨日梦已远

沙岸，已有海鸥飞翔。

梦祥子的眼眸里噙着泪花。

她想飞。

用一朵玫瑰花开和花谢的时间。

然后再死，就像秋叶突然挣脱树叶的那一刹那的模样。

有的时候梦祥子会想起过去那段时光。

她和凌盈走在乡间的小路上，遇见黄莲花开放在田野的水塘边，然后有拇指般大小的青蛙跳起来去捕捉一些极细小的苍蝇或者蚊子来吃。

她爱这个感觉。

她喜欢听自然间的声音，没有任何车马喧嚣，只有轻微的风吹过田间玉米地的窸窸窣窣声。

她觉得很美。

有的时候，她静下心来想一些事情，或者被一些尘世的繁杂事情所烦恼的时候，她就会想去这样的乡间走走。

看麦苗青青，看流云如芒。

然后所有的胸中郁闷便消散，如梦幻般的一缕清风便会在心中淡淡漾开来。

每每想起家乡的凌盈，那个看见她会呵呵傻笑的阿哥，她就忍不住遐想。

他带着她穿梭在玉米地之间，然后惊起一只嫩绿的蚱蜢或者一只叫蝈蝈。

她和他常常会躺在房顶的水泥大晒台上看漫天的星星，看刚刚升起来的月牙儿。他教她哪颗是北斗，哪颗是织女。

然后，不知不觉，他们长大了。

她去了城市，他去了海外。

再然后，她淹没在一片喧嚣里。

他呢，早早就牵了别人的手。

她呢，还独自一人在小城里打拼，为了什么？

她也说不清楚。

有好多次，被别人欺负了，她会躲在自家的卫生间里长时间地哭泣。

然后给他发一封 EMAIL。

但是他从没有回过。

直到有一天，她的大幅照片突然挂上了最牛杂志的封面。

她突然收到了他的 EMAIL。

EMAIL 里告诉她，他在大洋彼岸的一切。

然后，她不顾一切地收拾了行李，带着一只毛毛熊就上路了。

下飞机的刹那，她见他在出口处等着她。

带着笑，身边还站着一个跟他一般高大的男孩。“我儿子。”他说。

“你还是这么年轻。几十年了，没变。”

男孩子腼腆地笑着，过来帮她拎过行李，然后，叫她“梦姐姐。”

她笑了，露出一排非常好看的小虎牙。

“你还单身贵族着呢？”他问。

他问这话的时候一点都不避讳，倒把她的脸羞得通红。她低下了头，默默看着手指，她看自己的手指还是那么的纤细洁白，一如当年他牵着她的手时的那样。

那年，他们都才十七岁。

他带着她到了他的别墅。

他的太太，一个高大俊俏的白种女人过来拥抱了她。用不娴熟的中国话对她嘘寒问暖着。

她突然觉得非常温暖。

想起了自己已逝的母亲。

他们四个人共进了一顿丰盛的晚餐。

她想去洗碗。那个白种女人拉过她的手说："亲爱的妹妹，我来洗。"

她顿时觉得眼泪就要下来了。

晚上，他邀请他去他家的露台看星星。

她和他上了露台，下面是一个硕大无比的游泳池，闪烁着钻石般的亮光。

他突然从背后搂着她，对她说："看星空，你还认得吗——北斗星和牵牛星?"

她的泪突然下来了。

止不住。

她很想转过身去捶他的胸。

但她忍住了。

然后他说："这么多年了，怎么也不来看我?"

她忍住泪，轻轻地推开他的手，说，谢谢你还记得我。我明天还有一个会议，在上海。现在要去订机票。

然后，她就推开他，自己进了他安排的卧房。

第二天一早，她没等他送她。自己去了机场。

回上海一个月后。

有一个比她小11岁的小伙子拿了一束玫瑰送给她，还有一枚硕大的钻戒。

她想也没想。

又过了一个月，她和小伙子在上海举行了盛大的草坪婚礼。

草坪上满是嫩绿的会跳的蚱蜢和叫蝈蝈。

她的花车上缀满了莲花。

她的婚礼没有邀请他也没有邀请任何媒体。

她把她的新家安在了乡村，一个没有人的地方，但是很美，能见到星空和玉米地。

从此她再也没有收到过任何大洋彼岸邮来的邮件了。

她的生活再也没有霓虹，没有争斗，没有钩心斗角。

有的只有淡得如梦幻般的清香。

她没有改名，还是叫梦祥子。

小学生小兰

午睡醒来后，小兰就没有什么事情好做了，她玩玩手上的绢帕，玩玩自己的头绳，玩玩衣服一角妈妈给绣的一朵小花。

她想做些事情，让班里的同学都知道，尤其是想引起班主任的关注，那个胖女人。

为什么要叫她胖女人?

这其实是小兰私下里跟几个要好的同学叫她的。大家都不喜欢她。有人说她脾气不好，有人说她上课声音太难听，有人说她偏心班上某个男同学飞，因为男同学飞的妈妈是市里水产公司的一把手，每年都给胖女人一整筐一整筐的海鲜。

小兰的妈妈就是一个普通工人，自己家里没什么东西。好在小兰有个阿姨在美国工作，所以常常会有一些美国带回来的小玩意给小兰，小兰的妈妈就拿一些给胖女人的女儿玩。所以胖女人对小兰有的时候还不错，上课的时候还会表扬一下小兰。

小兰其实挺想得表扬的，尤其是每一次考试之前认真看书之后。

同学们大多讨厌班上的飞，虽然飞的成绩好。但是因为知道飞的妈妈送胖女人水产的缘故，所以大家私下里都在说飞的坏话。

小兰有的时候觉得胖女人对她还不错，尤其是每次考试结束后，胖女人都会拉着她的手问候她一下，考试紧张不紧张之类的话。因为有一次考试，小兰紧张得尿裤子了。胖女人居然还不嫌弃她，帮她去自己家拿了一条裤子，给小兰去厕所里换了裤子，也没有给小兰的妈妈打电话。胖女人说，小兰的妈妈太忙了，太辛苦了，不要打扰她好。就这件事，小兰挺感激她的。要不然妈妈来了，不仅一天的工没有了，还会狠狠责骂她，这样很划不来。

但是除了这件事情之外，其他时候，小兰跟班里的一些同学一样，打心眼里讨厌胖女人。

小兰跟班里的白米要好，白米长着一双大大的黑眼睛，她很会画画，从小就会画金鱼，三年级的时候还拿了一个国家大奖。

而小兰英语好，多半也是因为家里美国阿姨的缘故。

所以，小兰常常会想着这么一句话："龙生龙，凤生凤，老鼠生儿打地洞。"

她觉得自己能这样已经很了不起了，至少胖女人不讨厌她，上次还帮了她。

她有一次见到胖女人拎起班里一个男同学小贾的耳朵就往外走，小兰觉得除了这个男同学不听话、上课开小差跟别人讲话外，主要是因为男同学家里没有什么人给胖女人送礼。

小兰总是跟她妈妈说这些事情。

小兰妈妈就很奇怪地说："小孩子家，知道什么？尊师重教，懂不懂？"

小兰不吭气，她想着，只要胖女人对她不那么凶就好了。

小兰和几个要好的同学商量好了，只要胖女人对她们中哪一个不好，她们就去告她。

上哪儿告？

还没想好。

她们觉得该去校长室告胖女人。

有一天，白米上课迟到了。蹭着教室的门往里望。同学们紧张了半天。眼见着胖女人一脸怒火地冲到门口，脸涨得通红，看起来要骂白米了。突然开了门，居然火气没有了。

下了课，几个要好的同学，包括小兰，都围着白米说她今天真幸运。白米说："今天在家画画，爸爸给胖女人打电话了。说今天要晚来上课。"同学们这下又七嘴八舌地说开了，"说家里有个画家爸爸真好"之类的。

就这么一直到四年级，小兰几个要好的同学里没有人被胖女人这么拎着耳朵出门过，小兰开始觉得胖女人还好了。

终于五年级换班主任了。

同学们都松了一口气。

那天见胖女人穿着一身漂亮的黑西装，看起来好像比平日里要精神一点了，站在讲台上，给大家讲欢送的话。

居然还有人抽鼻子了。

大家回头一看，居然就是那个被胖女人扯过耳朵的男生小贾。

小兰在私下里骂着那个小贾，说他不争气，怎么这么被体罚过还不长记性。

没想到小贾私下里说："你不知道，就是因为那次扯了耳朵，我才发现上课开小差多么不好。自此以后我上课不再走神了。"

"你，没送胖女人礼？"小兰问。

"你说什么呀？"小贾说。

小兰在那里愤愤地嘀咕："真是不懂自我维权。我们这么弱小的孩子，怎么可以体罚？还说没送礼，肯定送了，四年级期末考才拿了高分。"

小兰和她的几个同党们就这么糊里糊涂过了四年级的期末考，换了班主任。

新班主任什么事都没有，整天笑嘻嘻的，不骂他们也不说他们。

这不挺好吗？小兰想。

挺快的，就毕业了。

白米考上了美术类学校，小兰考上了重点初中。同上重点初中的居然还有小贾。

同在一个中学的缘故，小贾有一天跟小兰提起，是不是要去看一下胖女人。

小兰说没空。

小贾说，胖女人生病了，病得还不轻。

小兰还是不去。

又过了一阵子。

听白米电话里唠叨了一阵子，说胖女人这回是得了绝症什么的。

小兰有些吃惊了。

她考虑了一阵子和白米拎了一点水果去看胖女人。

到了胖女人家，大家都惊呆了，见胖女人做了化疗，头发都快没了。胖女人的儿子哭成了一个泪人儿。家里看起来没什么东西，日子挺拮据的。

屋子里还有很多人站着。

大家都在说胖女人的好话。

胖女人在床上唤着小兰和白米的名字，说："长这么大了，小学里这两个孩子可乖着呢。"

这类的话，小兰和白米第一次从胖女人嘴巴里听说。

出了门，小兰忽然觉得很难受。

白米"哇啦"一下居然哭了。

对小兰说："我们那会真的是太不懂事了，多好的一个老师啊。"

小兰鼻子一酸，眼泪居然也要下来了。

能婴儿

能婴儿从母胎里呱呱落地的那刻起，就能自己找奶喝。她叼着母羊的奶，叼着灰狗狗的奶，叼着白猫的奶。

因为是个女娃，才两岁大的时候，能婴儿就被她的爸爸扔出了家门，刚好家门口有一条清澈的溪流，能婴儿还裹着五颜六色的丝锦缎的薄衣服呢。能婴儿的姆妈发现能婴儿不见了，哭得死去活来，她到处跟人家说能婴儿丢了，能婴儿丢失的时候，头上还戴着一顶姆妈自己做的绸缎面的小红顶帽。再说能婴儿，她飘在一条清清的溪流上，水很清澈，能婴儿顺着清澈的溪流漂啊漂啊，路过一处水湾之处，包能婴儿的丝绸衣服的扣子松开了，能婴儿自己挣脱着出来了。她能划着水了，全身赤裸着，只剩下一个红色的肚兜兜在自己的肚脐眼上。能婴儿漂啊漂的，漂到半路口渴了，看见路边有一丛碧绿的小草，草上面还滴着露水，能婴儿就仰起头自己喝了一口露水。抹了一下嘴巴。她一下子不渴了。居然能自己站起来颤颤巍巍地走路了。她其实不知道，自己已经漂了整整一天了，她穿着肚兜往岸上走，隐隐约约地她听见她的生母在唤她的小名，在很远的地方。她寻着声音往那个方向走。

走着，走着，天黑了。能婴儿看见一户绿色门户的人家，上面还挂着一个红色的铃铛，能婴儿就摇了一下红色的铃铛，有人来开门了，见能婴儿可爱的红扑扑的脸蛋就亲了她一口，然后把她领进了门。给她洗脸，洗澡，换了一套干净的衣服。又给她用奶瓶喂了羊奶。能婴儿吃饱了羊奶打了几个饱嗝，在这户人家的小床上沉沉睡去。

不知不觉一个晚上过去了。能婴儿醒来，又听见哗哗的流水声。

这户人家原来很有钱，有好多丫鬟和奶母。能婴儿仿佛又听见自己生母在唤着她的乳名。

她就悄悄地往门外走，她才发现这户人家给她换了一双金丝绒质地的红鞋子，她觉得穿着很舒服。能婴儿穿着这双鞋子，走出了门。

她沿溪流走了一半，听见后面有很多杂乱的脚步声在追她，能婴儿回头一看，见这户人家的大姆妈拿着一罐羊奶在后面跟着她，想让她回去喝点奶。能婴儿赶紧自己跑过去拉着大姆妈的手不放。大姆妈搂着她让她回去。但是能婴儿挣脱了大姆妈的怀抱，顾自走了下来。

她落了地之后突然能飞奔了，而且一拐两拐又不知拐到何处。大姆妈在后面追不及，只见能婴儿一个小小的背影，于是，大姆妈的眼泪下来了。能婴儿也哭了，她边哭边回头看看大姆妈，但只是寻着亲生姆妈的叫声往回走。

又不知走了多远，经过了一户人家给她换了一双小绒鞋，又一户人家给她喂了自家奶妈的奶，但是都留不住可爱的能婴儿，能婴儿不要别人帮忙，她要寻着自家姆妈的声音往回走。

终于有一天，能婴儿走到了熟悉的小弄口，听见自家姆妈的声音了。

能婴儿这下扯开嗓门大声叫唤着“姆妈”。

亲生姆妈忙不迭地跑出来，她见到一脸龌龊的能婴儿，简直不相信自己的眼睛。

一把抱起能婴儿，搂在怀里心肝宝贝地唤着，眼泪哗啦啦地流。

嘱咐佣人和奶妈给能婴儿换了一套最干净最绵软的衣服，又喂饱了奶。拍着能婴儿睡觉了。

第二天，能婴儿的妈妈就带着能婴儿坐上小车，沿着溪流寻找大姆妈家。一拐，两拐，居然找不见大姆妈家的门。

只见一只羊。

然后能婴儿从车上下来，搂着羊角哇哇大哭，喊着：“大姆妈，大姆妈！”

清廖和奇儿

清廖已经从南方回来了。

带着一只白鹿。

白鹿长着一对长长的角，像古代小说里圣人所骑的那种。

这只白鹿的鹿角、鹿身、鹿尾都是很神奇的样子，一般人只在梦里见过那种飘忽的模样，神仙般诱惑人。

清廖带着白鹿回来的时候，还带着自己的乳儿，唤作奇儿。奇儿出生的时候长着一对神奇的眼睛，眼睛里含着精光，呱呱落地才两个月就会叫妈妈。

其实，奇儿的母亲在奇儿出生后就过世了。清廖没有告诉他母亲是谁，只是觉得这个孩子长得非常之奇怪，才六七个月就能捉笔画画，画里还有一些意向指示。清廖把奇儿当掌中宝，常常带着奇儿到处游玩。

有一天，清廖让奇儿坐上白鹿，带他出城，见到一只天牛，一只叫蝈蝈，一只螳螂，都碧绿碧绿，像刚刚长出的青草一样的绿。清廖很是喜欢这些小动物，一路走，一路玩，奇儿带着他的宝贝，一路开心地咯咯笑着。

奇儿偶尔会问清廖，他的妈妈在哪里？清廖常常会指着白鹿说，这就是你妈妈。然后奇儿就瞪着他的一双大眼睛笑嘻嘻地指着鹿角说："那我要吃这只角。"

清廖就用手打他的小手。

奇儿就咯咯咯笑个不停。

有一天，奇儿对清廖说，他想喝白鹿的奶，因为他的眼睛疼。

清廖看了看奇儿的眼睛，发现里面进了一点什么东西，可能是什么虫子，但见奇儿的眼睛里有点发红，眼白、眼黑都长出一团东西来。

清廖抱着奇儿就想哭。

从早上一直哭到晚上。

到了晚上的时候，白鹿发出呦呦呦的鸣叫声，然后，月亮出来了，居然有鹿奶下来了，白鹿用嘴把奇儿拱醒了，奇儿揉了揉眼睛，一大滴鹿奶从白鹿的身体里流了下来，流到奇儿的嘴边和眼睛里。奇儿舔着自己的嘴角，“哇哇哇”叫着。清廖这时候醒来，见奇儿的眼睛里飞出了两只小虫子。

月光下，清廖搂着奇儿搂着白鹿，哇哇哇大哭起来。

月色温柔。

奇儿不知不觉地长大了。很快，就健壮如牛了，能飞速爬树、砍柴和捉鸟了。

清廖不知不觉地老了。

他突然得了一种疾病，两腿动弹不了，身体骨头酸得不行，连行走都困难，整日里蜷缩在一个角落里什么话都不能说。

奇儿哭了，他搂着白鹿的脖子，哭得跟个泪人似的。

到了晚上的时候，白鹿忽然醒来了，它飞也似的挣脱了奇儿的怀抱，居然向着月亮飞去。

许久，白鹿回来了，嘴里叼着一只灵芝。然后它奋力地用自己的角蹭了一下树杈，蹭下一块红得像玛瑙一样的鹿茸来。

白鹿用自己鹿角上的血和着灵芝还有鹿茸，用嘴努着拌着草灰，给清廖一点点喂下去。

第二天早上起来，清廖又健壮如牛，能在丛林里穿梭飞奔，给奇儿找食物吃了。

奇儿不久就长成大小伙子了。他也能随着清廖在丛林里追逐各种飞禽猛兽了。

他们爷俩每天晚上就烤着火品尝这些自然的尤物。

终于有一天，奇儿对清廖说，“爸爸，我长大了，想去另外一片林子里找小伙伴们玩。”

清廖看了他半天，拍拍他的头说。去吧。

奇儿开心极了，他飞奔着离开了清廖。

等他再回头时，见父亲清廖坐着白鹿飞到天上去了。

然后他看见白鹿真的变成了一位仙子，父亲和她牵手飞啊飞，白鹿裙裾飘飘。

奇儿的眼泪流下来了，一大滴。

他知道，白鹿真的是他的母亲。

但他顾不上这些了，他朝着另一片丛林走去。

里面有一只长着鲜绿色鹿角的梅花鹿正在等他。

他要带着它打猎去。

子奇画画

才一岁半的子奇，小脚蹒跚着刚学会走路，见我偶尔会备些纸墨练习书法，就模仿着我的样子也在白色的宣纸上比画两笔。他不会写字，只会在白色的宣纸上画两笔。

一开始我并不在意，见他画画的模样挺好玩的，挺小的一只胖白手握着一管比他的手指还略粗的毛笔，沾上一点墨，在纸上画几笔之后，构图看着还颇有些趣味。画了几张下来之后，我把他画的这几幅极简线条的作品用手机拍了挂在好友圈里，居然受到不少业内朋友的好评，夸他笔法老到，说他那么小就有思想了，实在是不得了的一件事情之类的。

有一天，我照例在书桌一角临帖，小子奇在一边歪着脑袋看了半天后，又在我身边磨蹭着想要画两笔。我就让笔吃饱了墨汁，在一边看他怎么把墨写在雪白的宣纸上。没想到，他颇为潇洒地握着笔，在宣纸上一勾一划再画了几个圈，然后又点了几点。这架势还真有些范儿。我把他画的画挂在微信好友圈里，我的老同学小郑看了半天后，边调侃边带真地夸奖道，怎么看着像一幅美人体？我一细看，哪几条的弧线果然像一幅裸体美人的画。

还有一天，子奇歪歪扭扭地走过来，还顺便把毛笔往嘴角边舔了一下，颇有些范儿地蘸了些墨，然后在白纸上肆意地画了几根线条。画着画着，不知怎么一来，拿起满满的一杯墨汁就泼在了画纸上。我连忙阻止他，结果还是挡不住他泼墨的兴致。泼完墨之后，看起来似乎还没有尽兴，把小手按在了还未干的墨迹上来回磨蹭了一番，直往嘴边送。我把他泼墨的过程以及一整张的泼墨作品拍好了放在微信好友圈里给朋友们看。我以为子奇的这番动作会受到朋友们的嘲笑，没想到过了不久，居然有朋友留言说：“好一幅写意山水泼墨作品啊！”一时间，我还没有反应过来，再仔细一看，果然这幅作品有虚有实，还有一些留白。看起来真有点像一幅写意山水泼墨作品。于是，点赞连连。经了这番表扬，儿子越画越来劲，每每见我研磨铺纸提笔，就在一边嚷嚷：“笔笔笔——”

后来还有外地的朋友专门提出邀请小画家子奇去玩，而且问他要现场墨宝。还有朋友要出钱买子奇的画。有一位银行行长先生执意要收藏他画的一幅画。

这些褒赞，也完全出乎我的意料，于是，我略微花了点心思在他的培养上。每次书画作品展采访回来，就在第一时间把画册拿出来让他翻看，他每一次翻看也颇认真的样子。

我总想着子奇还小，他在这个年龄段画下的这些画都很宝贵，我把他精心地保存了下来，想等他长大后留作回忆。

待到子奇两周岁的生日那天，吹灭蜡烛之后，我问他：“将来长大之后要当什么？”他歪着小脑袋大声而肯定地说：“当画家！”

这么小就树立了人生的理想，当然是一件好事。

然后我对他说：“当画家要吃很多苦的，你能吃苦吗？”儿子居然似懂飞懂地点头说：“能！”

看他的样子，我略微有点感慨，忽然觉得他一瞬间长大了。

不由自主地想起丰子恺写他的几个孩子长大的过程，写到女儿宝儿的时候，他感叹怎么一下子长大了呢，让丰子恺略微有些伤感。

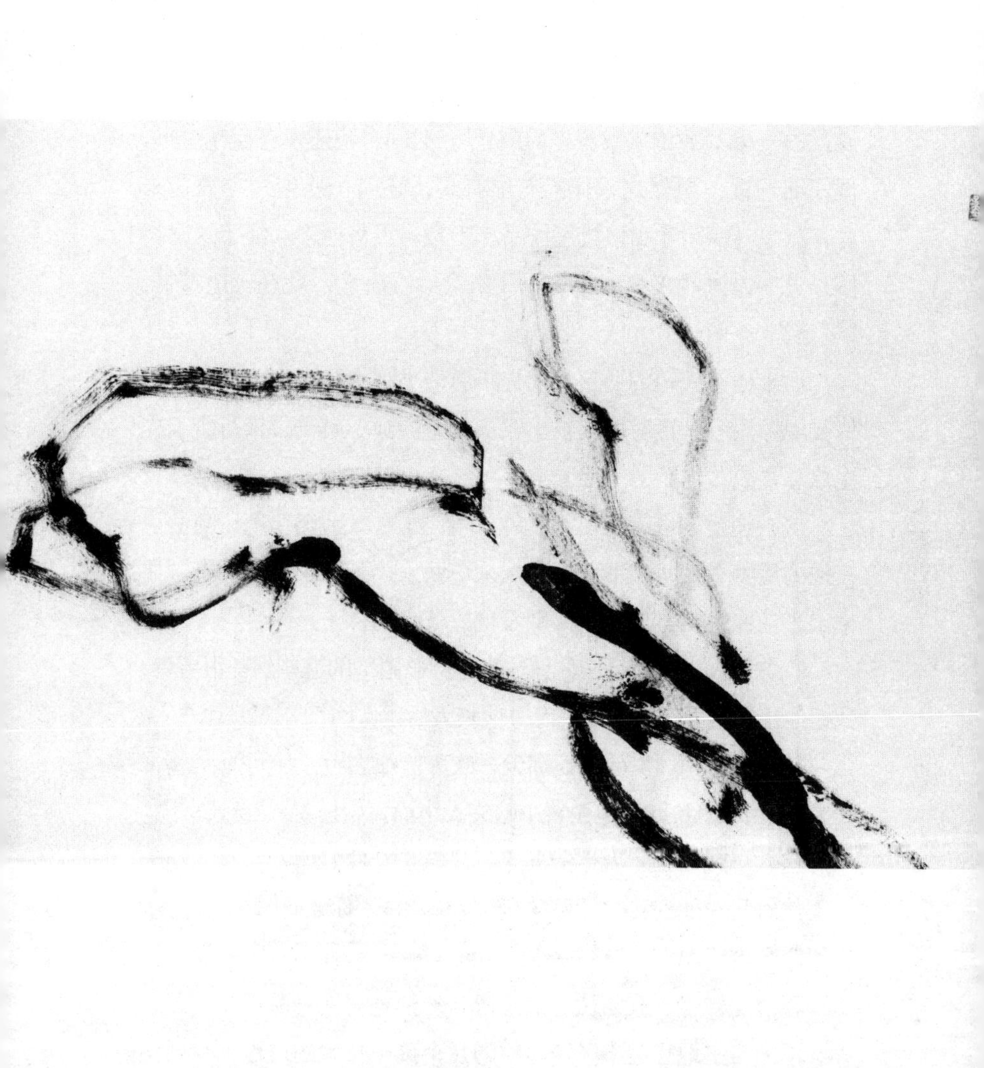

我也怕儿子一下子长得太快，不再跟在我的身边，少了一些缠绕膝下的乐趣。但又盼着他快快长大，很想早点看到他长大后是否真的把他幼儿时体现出来的天赋发扬下去，并且实现他两周岁时自己许下的第一个人生愿望。

作为母亲总是那么的矛盾。

这么小就许下的人生愿想，是稚嫩的。也许他过了这个年龄段就不喜欢画画了呢？也许他许下的人生理想很快就改变了呢？

不管怎样，我都给他尽我所能的支持和最好的祈愿。

他这一生能幸福平安健康，做自己真正喜欢的事，给别人和自己带来幸福，才是我对他的祈愿。

至于是不是做画家，就不一定了。

一切顺其自然就好。

二伯伯的汤圆

每年元宵节，我就会想起二伯伯，想起他做的宁波汤圆。

二伯伯做的宁波汤圆蚀心蚀骨地好吃。每次去二伯伯家，他会把一块丽水畲乡特制的花围裙围起来，然后洒一些上好的汤圆粉在盆里，用手揉啊揉的，麻麻利利地搓起一颗又一颗，再用大拇指往里按个凹坑，把事先做好的糖心放进去。然后架起一口大锅，放上一大锅的水，等水都煮开了，再把做好的汤圆放进去，看汤圆在滚汤里浮浮沉沉，就像一颗颗白玉做的丸子在水里翻滚那样，煞是好看。等白白嫩嫩的白玉似的汤圆透明晶莹之后，就用漏勺盛起来，放在碗里，加上一勺子的水，然后双手端给我让我品尝。我常常会等不及，只轻轻用嘴巴吹一下，就把它们囫囵吞进嘴里，一咬，麻酥酥甜蜜蜜的汁水就充满了我的嘴巴，还止不住地往外溢，顺着口角流下去，我一边吸溜着流下去的蜜汁，一边嚼着甜糯的外皮。这酥糯的滋味，一直酥软到我的心里。每次吃完，我都会甜甜地对二伯伯笑，二伯伯就拍拍我的脑袋说，明年再来。于是，每年元宵去二伯伯家都嚷着要吃二伯伯做的汤圆。

二伯伯说，他做汤圆的手艺是专门跟一个宁波师傅学的，这师傅做了几十年的汤圆了，传了没几个人，很有幸，二伯伯就是其中的一个。所以，二伯伯的汤圆会做得那么好吃，好吃得让我每年元宵节都会蚀心蚀骨地想念。

二伯伯原来是一家公司的总经理，40岁就早退了，退休后赋闲在家，有一年，二伯伯去乡下承包了一块地，养了一群呆头鸭子和几只小鸡，还有一些奇异的花草。元宵节，我照例去玩，二伯伯照样揉面调馅给我做汤圆吃。做着做着，二伯伯突然唉声叹气起来，我不知为何，小孩子也不敢多说话，那年二伯伯做的汤圆有点酸酸的。后来我才知道原来二伯伯种的那些花草全过了花季，卖不出价格了，这几年的辛苦就泡汤了。

再后来，二伯伯就离开这块承包的花圃，回了家。

他说，这次承包亏了好多钱。

第二年，二伯伯就没有再做元宵给我吃了。这年元宵节，我们自己买了一些速冻的宁波汤圆吃，怎么吃都吃不出甜酥酥的味道，怎么吃都吃不出吸溜着流下去的蜜汁，一边嚼着甜糯外皮的甜蜜劲儿。于是，嚼着这些没啥滋味的汤圆，就想起二伯伯做的汤圆，想起那种甜酥酥的感觉，只能悄悄地使劲咽着口水。

接下去的几年，每年的元宵节二伯伯就没有再邀请我们去他家吃元宵了。原本家里日子过得挺滋润的二伯伯就此拮据起来。

又过了一段时间，二伯伯又去承包了一家工厂，这次他倒是干得挺红火的。于是，这年元宵节，他又邀请我们去吃汤圆了。那甜酥酥的滋味再次填满了我的嘴巴。我看见二伯伯嘴角裂开笑了，二妈妈也笑了，全家喜气洋洋的。

可是没过多久，听说二伯伯承包的那家工厂生意又不行了，而且二伯伯很不幸地还患了急性胃炎，急急地托我爸爸去帮他找医院看了病。二伯伯因为这次胃炎开了一次小刀，开完之后回到家，身体是没事了，但是家里的日子又过得有些拮据起来，而且还欠了一些小债，好在家里原来有一套红木家具，二伯伯就拿出去把它们给卖了，再把钱用来还清了债务。

这一年也没有吃上二伯伯做的汤圆。

二伯伯说，他赚钱没有其他的想法，只是想改善一下住房条件，他现在住的房子实在是太小了，而且屋顶还漏水，房子又那么贵，没有那么多的钱买新房。只能住在简陋的房子里。我仔细看了一下二伯伯住的房子，的确够简陋的，屋顶破了几个洞，用橡胶皮简单地盖着，下雨天还会落些小雨丝下来。二伯伯的大儿子住在他的隔壁，家境也不富裕，有一次甚至为了抢一块磨刀石而发生争吵。

因为二伯伯的生意屡屡受挫，想起他现在的家境，实在是不好意思再去他家里吃汤圆了。但又实在是想念汤圆的滋味，就自己买了汤圆粉做，可是滚了半天，揉了半天，放在汤里滚熟了之后，一点甜糯酥软的滋味都没有。吃着这样的汤圆，想起二伯伯，我就想哭，我在想，二伯伯要是能赚上一大笔钱，那我就每年都能吃上这样甜糯的汤圆了。

又过了几年，忽然听说二伯伯搬家了，原来是以前的房子拆迁搬进新房了，房间亮堂宽敞。

然后，这年元宵我又能吃上甜甜糯糯的汤圆了。

二伯伯一边把一颗汤圆塞进嘴里，一边笑着对我说，我不用到处打工了，我有房子了，你就每年都能吃到二伯伯做的汤圆了呀。

你知道吗，每年给你做汤圆，每年你来，就是我最开心的时刻，我年年盼着你来玩，给你做汤圆吃，现在好了，房子亮堂了，汤圆就有着落了，你就能每年都来看我了。

那年我离开二伯伯不久就成家了。二伯伯家去得少了，很是想念二伯伯和他的汤圆。我生儿子时二伯伯来看我，他还送给我儿子一把金锁，那会儿他已经80多岁了，但很健硕。二伯伯对我说，他现在每天搓搓麻将，散散步，自从房子有了着落之后，他心也定了，不再四处找活干了，不受气了，还做了一点投资什么的，所以到现在日子倒反过得比以前红火了。他说，现在什么都好了，就是做不了汤圆了。

看着二伯伯硬朗的身姿，我笑了，说，二伯伯，我想吃你做的汤圆呢。

二伯伯说，自己做吧，我做不动了。

于是我去超市里买了上好的汤圆粉，揉啊揉的，二伯伯在一边悉心地指导着。等我做完，下锅一翻腾，再盛起来吃，可还是比不上二伯伯做的酥糯。

我朝二伯伯憨憨地笑了。

二伯伯看着我说，可惜啊，我这手艺是失传了。

他看看我的屋子说，你家里宝贝挺多的，日子比我要过得好多了。只是这汤圆恐怕再也做不出我那样的了。

于是每年元宵节想起二伯伯的汤圆，看着自己做的汤圆就会唉声叹气，然后悄悄地咽着口水，二伯伯呦，我后悔没有早一点跟你学做汤圆的绝活。

那些像白玉一样在清汤里翻滚的丸子，透明的皮，一咬顺着嘴角流下的酥酥麻麻的甜心，我再也吃不到了呦。

这汤圆实在是让我想念，蚀心蚀骨地想念，一想起来就会流口水。

想着想着又到元宵节了。

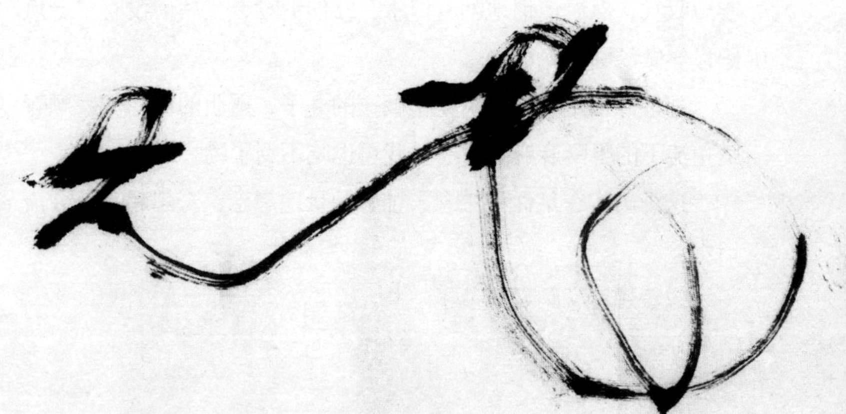

第五章 越过山丘

越过山丘

——韩晓露散文集《人间有味》作品研讨会辑录

中新网杭州10月30日电（见习记者 高怡）初见韩晓露，她的快乐直率宛如她散文中流露出的潇洒和自由。文如其人，她正是以这样的个性及文笔，在不经意间，将读者引入到了一个精致充实、优雅耐品的文化氛围之中，于无声处显真，于无声处见情，让人从中读出一个城市的新女性，对于现代城市生活的种种感受、求索和思考。

——据中新社2015年10月30日电

10月28日，由杭州大运河文化论坛、华语之声传媒联合主办的韩晓露散文集《人间有味》作品研讨会在杭州市白马湖生态创意园华语之声传媒会议室顺利举行。本次研讨会由杭州大运河文化论坛副主席、著名作家孙侃主持，原浙江省作家协会主席黄亚洲老师作为韩晓露的恩师首先发言，华语之声传媒董事长徐志清，大运河文化论坛副主席、著名作家陈富强老师，著名作家赵遵生老师、邹园老师等知名作家出席了本次作品研讨会。散文集

《人间有味》是作者韩晓露继散文集《心生愉悦》后的第二本散文集，书名取自苏轼《浣溪沙》:“细雨斜风作晓寒，淡烟疏柳媚晴滩。入淮清洛渐漫漫，雪沫乳花浮午盏。蓼茸蒿笋试春盘，人间有味是清欢。”全书分为上部“人间有味”和下部“人间有情”两部分来叙述，对周围所经历的事件以及所认识的人物作散文式的真实记录，生活在我们身边的人，都在寻觅着人生的一种意义，这种意义也许就是作者所要表达的人间的滋味，而非单纯物质的，它让生活变得有味。

——据“华语之声”2015年10月31日报道

勤奋的习惯与感悟的能力，应是文学初学者的两个助推器

——黄亚洲在研讨会上的发言

在文学创作的道路上，作品研讨会这种方式，应该说，对韩晓露本人是一种鞭策。我们在座的很多作家、编剧、艺术家，在自己的创作道路上可能都开过不同类型的一些研讨会，对自己都是一种莫大的帮助，所以说作品研讨会的意义对本人来说还是很重大的。当前因为作家、艺术家数量众多，特别是对新冒出来的作家，进入文联、作协大系统举办个人作品研讨会的机会，不会很多，所以，我们作为半官方的，甚至是偏民间的文化机构，为这样的新作家开辟研讨的道路，很有意义。我在跟华语之声传媒

的徐志清董事长联系以后，他非常赞成，华语之声传媒在促进文化、文学繁荣的方面，做了大量工作，这次也是其中之一，所以我们对华语之声传媒表示感谢，他们提供了这么好的场地，这么有文化个性的地方，开展我们的研讨活动！

关于韩晓露的创作，我简单地说一下个人感觉。我觉得，她的创作有两个比较明显的特点。

第一点，是勤奋。

勤奋，对于文学创作非常重要。韩晓露的勤奋，体现在理想与创作实践的统一上。究竟热不热爱文学，愿不愿意在文学这条道路上往前多走几步，这算是一种个人理想的驱动，而体现在实践上，那就是勤奋。所谓勤奋，也就是多看、多写、多想、多琢磨。从这一点看，韩晓露是比较突出的。她出版的第一本散文集，是我给写的序，时间相隔很短，第二本散文集又出来了。现在，从她本人来讲，回过头来再看自己的第一本散文集，应该就会发现有些东西写得比较粗糙了，是不是太过幼稚？我相信她会这样思考。也就是说，在一个不太长的时间里，她就在文学的道路上飞快地跑起来了。确实，她写作的数量比较大，又写散文，又写诗，诗也写得不错，但是比较起来我觉得还是散文写得更好更有趣些，尤其是那些写人物的散文，能抓住人性当中特别能体现人的本质的某些情节、细节，这是她人物散文的一个比较明显的特点。所以我说，韩晓露的勤奋，是她写作有成绩的一个公开的秘诀，这也是任何一位成功者必经的一个秘诀，是想在文学创作道路上有所进步的人所必须具备的特质。老实说，现在的世界很精彩，能有精神享受的领域太多了，还有人讲究休闲，强调休闲是人生最高境界，快乐的生活是人生最高境界，这样也对，但是没有勤奋，没有汗水下去，不要说是文学创作，任何的地方都不可能完成自己、实现自己。在勤奋这一点上，韩晓露应该是一个初学写作者的突出的榜样。

其次，我觉得，韩晓露的文学感悟能力，是比较强的。

韩晓露是记者出身，写过大量的新闻报道，文学的东西不是很多，也就是在短短两三年的时间里，往文学创作方面大踏步地转过来了。而在这种转变的过程当中，一个人的文学感悟能力是至关重要的。这里面，可能有先天的东西，但也有后天的大量练习，也就是说，她知道那些文学作品，好在哪里、玄妙在哪里、魅力在哪里，并且会马上仿着这样的一种语调、一种意境，来结构自己的创作。特别是去年一开始的时候，她看了一些作品，包括我本人的作品，看了以后马上就有所触动，马上感悟到在自己的写作实践中，可以从中“拿来”一些什么样的节奏、什么样的色彩，这种“拿来主义”也是很有效的，这就是她的感悟，她马上能从中找到自我，找到自己的具有个性的发展道路。

我们有些人看得很多，读得很多，但不去思考，不去领会，那就不容易有什么太大的进步，这也是我们很多文学初学者的通病。

韩晓露文学感悟能力强，接受快，这是她在今后的文学道路上能够大踏步前进的一个素质，不简单。

当然，韩晓露的创作，也有不足的地方，那就是有一点心浮气躁。有时候太着急，有时候觉得在某一个文学作品中体现出了某种强项，就高兴了，就急于发表出去，甚至也不顾文章里面语病都有，标点符号也不规范，这就是过于着急了。这个毛病，我们以前也犯过，特别是诗人，有时候想到一句、两句、甚至半句得意的，就想赶快发出去。韩晓露创作中的这个毛病，不算重的，但中度是有的。所以，今后写好，要多看几遍。首先是要消灭别字错字，一个成熟的作家当然也会写别字，每个人都有犯习惯性的个别错误。但是从文章大局来看，书面上的语病、标点符号之类的错误，都不能较多出现。另一方面，写作完毕后，还要想一下某个地方是不是有可能写得更好一些，哪些地方还不丰富、不圆满，哪些地方还可以再深入，然后再发出去。最好是写一篇就成一篇，对自己要有一种战略要求。这样，就可能以比较经济、快捷、完美的步伐，在文学创作道路上更坚定地继续行走，以期取得更加令人欣喜的成就。

作家邹园在研讨会上的发言

《人间有味》阅读漫想……

邹 园

一

感谢韩晓露邀请我参加她的散文研讨会。文学同道相聚金秋，是一件快乐事。

第一次读韩晓露的散文集，我的阅读感是一张白纸。这样才能留下最踏实的读后感。我真希望这种精神和文化气质的邂逅，抽象而具体，理性且温暖。

我非常在意她的书名《人间有味》。拿到新书，一连串有关“味”的词语纷至沓来：品味，滋味，回味，津津有味，佳肴美味，五味杂陈等。我期盼它是一本有韵味的散文。

有句话说，散文是有自己的体温的。

何谓体温？就是生命的体征。当生命的律动点击创作灵感，你的血脉给养和冷热循环通过笔端，源源不断注入文字。这样的散文，“体温”二字就是最高褒奖。

所以，拿到《人间有味》，我有理由相信，这本书里，肯定会有我留恋、欣赏的东西。年轻的生命储存着满满的蓬勃生机和能量，必定会闪烁它应有的亮点。

二

打开《人间有味》，与韩晓露分享人间况味，也感受她在散文创作中的风格韵味。

我注意到，这位年轻散文作者所具备的写作能力，已经能够让她进入自由自如状态。

比如写景。画面清晰，灵动逼真。《年画西溪》让年味浓郁的“民族风”搭配着西溪景观的清幽古色，风情别致，镜头感强。那些搡年糕、婚俗表演、游船赏梅、古旧遗迹……我随她徐徐前行一路跟游，兴趣不减。她为什么能让我跟得住？说明叙述能力和表达方式都在掌控之中，缓缓而行，收放有节。叙述完毕，一幅年画也就圆满收笔。同样的吸引力，也体现在《西湖船夫》、《西溪蓝鸟》、《探奇桃花岛……》等篇页里。情景交融，栩栩如生，假如喻其为“味”，感觉到一股清新之味。

又比如写人。《小马》、《我的朋友马丽》等篇章的这些人物都来自现实生活，而且与作者相熟相知。他们的性格特征，生存状态在作者笔下都显得真实可信。比如《素梅》中的女子，在婚姻过程里心态平和，会过日子的务实态度，在当今有很普遍的社会意义。作者为之感叹，在物欲横流的社会，需要多一些素梅这样守得住清贫恬淡的人。显示了价值取向的积极导向作用。又比如《西西》这篇散文，有情节，有故事，有铺垫，有结局，有点像小说。西西姑娘在处理感情生活当中的清纯、善良和忍让，与默默姑娘带点大胆凌厉的进攻态势，形成反差。最后结局是默默终于成功追到心上人，而西西依然形单影只无所依附。但在作者心目中，西西是她喜欢和赞许的人物。因为她是能做到“互相等候，互相搀扶着走向山顶并且再一起下山”的人。在《一念之间》这篇散文里，她对于一位保洁阿姨保护绿化、精心呵护植物嫩苗的善举，发出由衷的感叹。这种对于小人物精神闪光点的审美和肯定，反映了作者内心世界的爽直明亮。让我不由自主地为韩晓露的人生观价值观，点赞称好。此等来自生活的真切体味，甘之如饴，润心沁脾。

她有思辨。对于一些所见所闻，记之笔端，动之心扉。韩晓露始终保持着敏锐的触觉和感悟。比如《我之藏石》，话题由爱石藏石说起，笔锋转到与老师的爱石相比较，发现了差异。由此得出结论：对石头真正的爱与藏，与经济实力高低不怎么相关。但与人的精神内涵极为有关。爱石头，就要爱她的精神。这种心灵的升华，既是老师带给她的启示，更是作者思辨的结果。令人印象深刻且欣慰。韩晓露作为一名新闻记者，她的视野宽阔，见多识广，对社会对人生有更多的关注和理解，感悟应该更为透彻。这一点已经从她的作品中得到显现。像《觅清欢》、《遗忘》等作，作者的所思所悟，就社会而言，颇具现实意义和处世启迪。

我想，散文必须有思想力的支撑，才能让散文的内涵静如潭水却深不可测，具有意味深长之永久魅力。散文作者，把这一境界定为创作目标是对的。相对于“赏花吟月，抒情感慨”的所谓心旷神怡，我更偏爱于将散文的接口对准世界横断面后的疼痛焦虑。哪怕生命已经伤痕累累，哪怕思想的悬崖险峻陡峭。但只要文学的呼吸与它们相通，作品的内在力量就会无穷。

三

阅读《人间有味》，称好之余，亦不忘将白璧微瑕坦诚告之。

一是错别字。今后出书理当避之。一本书，如果因为这些技术性细节，而影响作品的整体质量和品位，那是很遗憾的事。

二是遣词用句，力求精到。例如《我的同学小美》一文，从第一行到第九行，这么短距的行文，用了三个“居然”。而且全无必要。第一个可用“已经”代替。第二个可用“然而”替补。可以保留第三个，使之具有加重语气之功效。此等虽为细节，但至关紧要。因为即使洋洋洒洒鸿篇巨制，也是由每个细节组成的。

我们前面说过，散文最重要的是思想深刻。但不等于对于文本就可以粗疏轻慢。完美精致的文本，仍然是散文作者心中神圣的典范。语言不一定华丽，但一定要准确。应该有唯美和品质意识。换句话说，斟词酌句，反复推敲是散文作者的美德。无论涉及哪一类的散文写作，都要善待你的文本。在此，我愿意与晓露互勉共进，日臻完美。

四

“人间有味”，作为一种人生感悟，意义是很深远的。

我恐怕已经喊不出这样明亮的口号了。很多时候，我听见的是：人间琐碎，人间很累，人间有泪，人间不太美。

我想，这就是韩晓露这代人的优势所在。年轻，自信，健康，奋发。生命之树正浓绿发亮，激情的河流欢快奔腾一路顺畅。人生的栅栏正排列在宽阔的青春跑道上，沐浴着新鲜的阳光，静等着矫健的跨越。白云轻柔飘过，雨季远在他乡，雾霾杳无踪影。岁月的天空涂满蓝色的理想。

所以，在为“韩晓露”们庆幸的同时，光阴不再的感慨随即而来。很有趣的是，读完《人间有味》，我突然想到一个事情：在韩晓露这般年龄时，我在哪里？在干什么？我的天空和跑道是怎样的？

想起来了。我在仪表厂装配车间，做一名装配工。漫长而枯燥乏味的时日里，重复着为仪表安装机芯和表盘指针，然后纠正它们与母表间的丝毫误差。却始终没能将自己的年轮校正到理想的坐标。我永远记得车间正面墙上那只大钟，走得那个慢啊。但我每天都希望它停留在一个时分。那是工厂广播室老朱开始放送歌曲音乐的时刻。高中生的老朱文化素质还算不错。他选择的唱片都很好听。有一首童声演唱的《红蜻蜓》音韵柔美，旋律舒缓，仿佛能抚慰心灵之累。我非常喜欢。每次听到《红蜻蜓》，那瞬间会觉得心满意足。

今年，2015年的初春，我邀请了四十多年前老厂的工友们相聚。也包括老朱。老朱说，你怎么想到请我？我真想回答他三个字——红蜻蜓。

人生其实是很有意思的。尽管我们无法避离挫折、坎坷甚至苦难，但即便是饱经沧桑身心俱疲之际，回味人生，竟然还是那么真切，细腻，美好。带着一丝淡淡的甜味。这是何等玄妙的人生机缘和收获！这，也就是今天我们坐在文学的殿堂里，可以非常轻松并且深思熟虑地反复提到的这个词——人间有味。

感谢今天的研讨会。

谢谢韩晓露。

谢谢大家!

2015年10月28日

作家陈富强在研讨会上的发言

发言之前先讲两个收获:

第一，高德导航，只有白马湖，没有华语之声。虽然难找，倒也曲径通幽，在柴家坞文创小镇寻寻觅觅，找到了华语之声，这个设计独特的会场。这个过程，跟我们的写作有异曲同工之处。

第二，我终于知道韩晓露不在这里上班，而是借这方宝地开《人间有味》的研讨会，所以非常感谢华语之声。

我最近刚看完湖南作家阎真的长篇小说《活着之上》，他曾经写过一部很优秀的小说《沧浪之水》，我相信在座不少老师都看过,《活着之上》的故事很简单，讲的是大学里面发生的故事，有两个博士研究生都非常优秀，学术上都很有成就，其中一个学生找到比较好的导师，进步比较快，人生也比较得意。另外一个学生也非常勤奋，但因为他没有找到一个好的老师，最后就比较辛苦。当然，这个得意与辛苦是相对的。从这一点上我就想说，很羡慕韩晓露找到一个很好的老师。在黄亚洲书院，亚洲老师开小灶，单独给几个学生讲课，其中就有韩晓露。第二个羡慕，是今天刚刚发现韩晓露出版的第一本书《心生愉悦》的序也是黄亚洲老师写的。很多年以前，我曾经有一个奢望，什么时候我出一本散文集，请亚洲老师给写个序，但是非常遗憾，那时候亚洲老师身兼数职——中国作协副主席、省作家协会主席、党组书记，工作极其繁忙，所以我也不好意思提出来。

我想关于这本书的几个特点，讲的可能不是很准确，因为前面亚洲老师，还有高松年老师都已经讲得很透彻，我只是凭直观，谈一下阅读感受。

第一，以一个新闻人的视角写散文。韩晓露本身是新闻记者，写新闻的人可能本身的视角、视野、视线跟我们一般的作家不一样，我觉得她看问题的眼光比较犀利，这样的作家在我们浙江有榜样，像我们熟悉的袁亚平老师、吴晓波老师，他们都是搞新闻出身，最后都成为很优秀的报告文学和散文作家，我觉得这本书里面一看就有新闻人写散文的特性，跟一般作家有比较明显的区别，这是我的第一个感受。

第二，感觉她写作的题材比较广泛。比较敢写，书里有些生活类散文，想到什么就能写什么。她在写作上题材很广泛，胆子也很大，信手拈来即成文，这可能与她的职业有一定关系。

第三，从语言这个角度看，也可能跟她是女性作者有关系，比较细腻，语言比较敏感，给我的感觉就是语感很强。我觉得这是作为一个优秀散文家必须具备的基本特质。

第四，文章都很有感情，我们知道散文要有情才能写得好，比如写她儿子的那篇我就觉得写得非常投入。

第五，韩晓露的写作很认真，也很勤奋，这也是作为一位优秀散文家必须具备的基本素质。

最后，我有一个建议，觉得韩晓露的写作速度可以适当地放慢一点，她还这么年轻，有足够的时间构建一间属于自己的写作屋子。写作是需要有一个思考、积累和修炼过程的。感谢大家。

知性视角　诗性表达

——序韩晓露散文集《人间有味》

高松年

我与韩晓露散文的相遇，是因了亚洲兄的推荐。后来在一个散文研讨会上见到了韩晓露本人。感到她是一个快乐直率、谦和诚挚的青年。那天，她拿来了一沓文稿，说是她第二本散文集的书稿，要我给她的这本书写一篇序。

读她的散文，一开始并不太在意，但，读了一些文章后，就感觉到，她的散文确有着一些独特的意味。她是以一种开朗明快又温柔细腻的抒情文笔，在不经意间，将你引入到了一个精致充实、优雅耐品的文化氛围之中，又在意境的创造中自觉融入了作者自己的情感体验，让人从中读出一个城市的新女性，对于现代城市生活的种种感受、求索和思考。这些文章，情感充沛，句式简短，节奏明快，所采用的是近乎散文诗式的一种自由文体。无论写人写景，均可让人感到有作者的主体活跃其间，体现出了一种现代抒情散文的潇洒和自由。作为一个有着新闻学研究生学历的记者，但在散文创作中却未见有丝毫的新闻腔流露出来，我想，这也许是得益于她自小对于文学的爱好，以及在读研前四年中文系本科的苦读和深研的缘故。

这本取名为“人间有味”的散文集共分二辑。第一辑名为“人间有味”，第二辑名为“人间有情”。虽然有“有味”和“有情”之别，其实，所写的都是以女性视角对于人生世情的一些身心感受，是一本充满了时代的现实情感的散文集子。所谓“味”与“情”之别，就在于前者是在对生活的感受之中倾诉着作者对于理想生活的憧憬和期望；而后者则融入了作者在怀旧意绪中对于生命真谛的理解与思索。

透过这些文笔灵动、开合自如、洋溢着诗性之美的文字，可以看到，韩晓露是一个热爱生活、喜爱艺术、向往自由、追求理想、仰慕中国文化、寻觅诗意人生的现代青年。对自由、浪漫的向往，可以使她对一只安详地栖息于西溪的蓝鸟羡慕不已。蓝鸟选择在西溪栖息，是因为它在这里得到了最大限度的自由。而作者则从中恍然而悟到，她之所以欢喜在西溪的小亭中弹奏古琴，其实也是因为“我”在这里能感受到在空间上的自由自在，随心所欲。在这样的生活空间中，她享受到了生活的诗意（《西溪蓝鸟》）。追求自由和浪漫，成为她的一种生活理想。由此，她把在画画、弹琴、陪儿子玩耍、买菜、读诗、写字中度过的一个闲散、自由的周末，看作一个幸福的周末。看得出来，她的这种幸福感，来之于先辈文人林语堂所导引的一种幸福观。出于对先辈文人经典诗意人生模式的追慕，所以，平和的心态，平静的生活，平淡而富于诗意的人生，便成为她的一种生存理想（《我的一个周末》）。这种知足即幸福的生存观，在她乘坐西湖游船时，在一个普通船夫的身上再次得到了验证。船夫心胸开广，处世安然。虽然工作辛苦，但他活得自在自得。让她感受到了知足常乐的生存态度的难能可贵，决心要向这个普通船夫学习（《西湖船夫》）。作为一个知识女性，她对于身边的所遇所见都有着浓厚的兴趣。在《花的声音》一文中，她提出了花是否能够发声的命题，过去她不信，经过不断的探究，她信了。而且，她发现，唯有纯净和童真，方能真正地听到花语。只有在赤诚之爱中，方能获得自然之精髓。这种对于宇宙真境的探索，使其生活进入了某种禅境。她仰慕中国文化。在与几位成功企业家的接触之中，令她强烈地感受到了，他们的企业之所以会有大的发展，主要还是得力于文化对于企业的深层推助力量。看到了对文化内涵的开掘，对于企业的发展显得十分重要；看到了正是文化的赐予，才使某些企业大家具有了让人尊重、敬仰的雍容气度。由此可见，韩晓露在意境创造之中自觉融入了自己的真情实感，在描述之中便有奔放的激情汩汩流出。经她以女性情感、知性视角的检索体验和品味思索，生活之中的自由浪漫、平淡纯真，或交友待人、处世态度等，便带上了一种富于诗意的文化色彩。这些，既是她感情上的心所向往，是她苦苦追寻到的一种文化之味，同时，也构成了她的散文叙事的一种特定的抒情方式。所以，读她的散文，须慢慢地品尝，方可发掘得到其文字背后的丰硕的思想之果。

如果说，她的散文的深度，主要是体现在对于社会人生的诗意之味和文化之味的开掘、抒发和思考之中的话，那么，她的散文的厚度，则侧重表现在对于世态人情的倾诉中，充满着对于生命之中爱的真谛的追求、理解和诠释之上。

放在第二辑“人间有情”中的10多篇文章，所写的主要是她的儿时发小、身边朋友的一些人生经历和命运遭际。可以看到，在她以记者的敏感、灵动的文笔和不无惆怅的怀旧之情所写下的这些故事中，寄托着她对儿时生活的怀想和流连，以及对人间爱情友情、婚姻家庭和生命真谛的思考和探讨。她从友人刘果的身上，看到了“坚持做自己想做的事”的重要。刘果是一个有摄影天赋的艺术青年，却长期把精力浪费在为人家仿制名画之上。后来，他听从朋友的劝导，坚持做自己想做的事，终于成为一位有为的摄影家(《刘果》)。在另一个朋友西西的身上，韩晓露同样看到了生命中坚持的重要。生活是复杂的。直率、坦露和纯净的性格，在复杂的社会中，有时并不被生活所待见。但西西尽管到处受到排斥和挤兑，依然生活得很潇洒和自在，所靠的就是一份自信和坚持(《西西》)。但，要坚持一份爱，有时也确是十分困难的，甚至需要付出一生的代价。在热爱跳舞的黄莺儿看来，有爱就有快乐，坚持这份爱，就会永远得到快乐。尽管到头来她跳舞的观众，仅仅只有她的丈夫和儿子，尽管，这种快乐是带有苦味的，是一种苦中之乐。但她还是感到在痛中有着真正的快乐(《黄莺儿》)。由此，韩晓露彻悟到，一切的烦恼均来之于内心躁动，能平静淡泊地对待 切，就会有幸福感生出。她认为，她的朋友马丽能走出烦恼，就是得之于她内心的平静无求(《我的朋友马丽》)。同样，她觉得人人都需要爱语。她认为，爱语是有着神奇的力量的，它能改变万物的内在结构。这其中，尽管看起来有点玄学的神秘。但事实证明，心存美好，则无可恼之事(《人人都需要爱语》)。所以，她赞赏朋友素梅的守得住清贫和恬淡。日子虽然贫苦，但心情依然快乐(《素梅》)。她赞赏曾是同事的小马，能怀有一颗感恩之心，使她获得了更加完美的人生(《小马》)。叙事之中的知性视角和诗性表达，使韩晓露的散文，既情感充沛，又发人深省。既好看，又耐品。

凡是好的散文，都是作家真情、激情喷涌而出的结晶。但光有情感的注入显然还不够。凡是成熟的激情，必然会引导作家通向深沉的思索。韩晓露的散文，能在展示激情、真情之中，致力于寻求文外的某种感悟，或经久不衰的生命提示和沧桑感应。让读者在感受到文章的情感共鸣外，还能获得某种思想的陶冶。将理性意识和女性情感有机地糅合进富于诗意特色的文学图景之中，这是韩晓露写作散文的聪明，也是韩晓露散文创作的成功。

望百尺竿头，更进一步，争取更大的进步。

是为序。

（2015年春节于杭州邻农斋）

（高松年，文艺评论家，文艺学研究员，中国当代文学研究会理事，中国作家协会会员，浙江省作协评论委员会原副主任，浙江大学中文系客座教授，浙江艺术职业学院学报特聘专家）

越过山丘

——韩晓露在个人散文集《人间有味》作品研讨会上的发言稿

感谢各位老师、各位领导、媒体同仁们和各位朋友在百忙之中赶来参加我的散文集《人间有味》的作品研讨会。

感谢主持人著名作家孙侃老师，感谢主办方大运河文化论坛、华语之声传媒。

今天来参加我的作品研讨会的，有德高望重的文坛老前辈，以及身居要职的领导。

特别要感谢我的老师、著名作家黄亚洲。我今天能在这里开我的散文集《人间有味》的作品研讨会，一大半的功劳要归功于他。

2011年的时候，我在新闻事业上遇上了瓶颈期。当时我所供职的媒体要我转改经营，我正考虑转型。

所幸的是，那会儿经浙江省杂文学会会长桑士达推荐，我认识了黄亚洲老师。黄老师是著名作家，加上我大学时候读的是中文系，小时候又喜欢写作，与很多70后一样，有当作家的梦想。于是，我就萌发了一个念头，想跟他学习写作。当时试着发一些自己写的稿子给他看。当时发过去的有小说、散文和诗歌。

一开始发过去的几篇稿件黄老师很不满意，认为新闻腔太浓，于是他试着点拨我。然后我就努力改变自己的文风。几番点拨下来之后，黄老师居然说可以了，而且还有散文作品发表在各类报刊的副刊上了。黄老师说，我写散文可以，写诗歌不行，并且劝我不要再写诗歌了。同时我觉得写小说也不擅长，就决定走散文创作这条道路。大致方向定下后，我就一发不可收地一天写一篇给黄老师看。我知道黄老师很忙，但是我还是止不住每天发一篇散文请他指导。我一开始以为他不会理睬我，没想到，他不仅很快回复我的邮件，还对我的稿件进行了修改，有的时候修改不止一次两次，不仅修改大体的，还修改错别字和标点符号。我有的时候来劲了，半夜起来写稿子发给黄老师看，居然大半夜的也能收到黄老师的回复。而且那会儿黄老师还在写《历史转折时期的邓小平》，还有其他杂事，忙得很。

这么几番折腾下来，我觉得非常不好意思。决定请他吃饭，并且正式拜他为师，同时还拜桑会长为师。他们居然非常高兴地答应了。这下把我给兴奋的！

拜了师之后，两位老师都对我走上文学之路帮助很大。桑会长给我介绍不少身居高位的文友认识，还带我外出采风。

黄老师除了每天批阅我写的文章外。还经常给我发一些范文学习。还开书单给我，嘱咐我该看哪些书，以提高自身的文学素养。

两年坚持下来，我进步飞速，不知不觉中，积累了不少散文。于是，我的第一本散文集《心生愉悦》出版了。散文集出版后，我还加入了浙江省作家协会。

没想到的是，《心生愉悦》出版后，居然很多人喜欢看，有不少读者看了第一本之后还问我何时出版第二本，都说可读，有嚼头。

我想这下我有救了，即便不会做经营，我也有路子可走了。

我就继续写。这期间又怀孕生子，但是一点都没有耽搁散文创作。其间黄老师给我很多鼓励的话，而且指导得非常细致。

后来，黄老师又开办了亚洲学堂，我任亚洲学堂的第一任班长。班里都是一些爱好文学的同仁，黄老师每年给我们授四次课，大家一起写劲儿就更足了。课余黄老师还组织同学们参加各种文学沙龙活动。几年下来我渐渐从一个单纯的媒体人转身出来，开始转向作家方向了。

期间有不少散文被国内外刊物转载，有散文作品被录入中学生课外阅读刊物，还有一篇散文作品获了奖。

我就琢磨着该出第二本散文集了。于是，《人间有味》就这么结集出版了。

我试图在这本散文集里描述一些摆脱了当今社会浮躁功利状态的有意思的人。

书分两部分，第一部分是“人间有味”，第二部分是“人间有情”。我记录了一些有意思的文化人以及商人：诸如万事利集团总裁李建华、联合国的官员隋翚、著名的报人《浙江日报》前任副总傅通先、乐创会教父卢艳峰等。这些人物均有着深厚的文化功力。他们所从事的事业在我看来都很有味道，是浮躁社会里难得的一股清气。他们领悟了人生的真谛，他们被岁月历练出了一种有味的心境。他们的追求和生活方式正是我在这本散文集里苦苦寻找的生活的意义、生命的真谛、爱的真味。在第一部分“人间有味”里还描述了我自己的生活状态。正如高松年老师在该书序里所写的那样：“我是一个热爱生活、喜爱艺术、向往自由、追求理想、仰慕中国文化、寻觅诗意人生的现代青年。对自由、浪漫的向往，并且在一种空间上的自由自在和随心所欲的生活空间中，享受生活的诗意。”这点在作品《西溪蓝鸟》、《我的一个周末》中均有表述。

书的第二部分是“人间有情”，大多记录我儿时的发小、身边朋友的命运和遭际。同样追寻探讨一个话题，就是对人生意义的探讨，以及对人生追求的思索。我特别喜欢那篇《素梅》，它描写了在浮躁功利的生活里如何守住清贫和恬淡，但依然内心快乐的一位中年女性。

但是这本散文集，还有很大的不足，主要是观照人性方面还不够深刻，文章字里行间还带有一些新闻腔在里面，整本作品的文学性还是不够强，文学个性还不够突出，将来要在这方面多下功夫，好好努力。

也有小小的遗憾，就是这本散文集在一年内写完，完稿比较仓促，文字上有很多粗疏之处，有一些错别字出现，这在今后的创作中要多加注意，并且不断改进。

散文集《人间有味》出版后，在当当网上和京东网上均有销售，当当网上还一度脱销。这是出版社努力的结果，也说明我的书有一定的读者市场。

《人间有味》的出版是一个转折点，它标志着从2011年到现在，在五年的时间里，我不知不觉从一个媒体记者转型成了一个作家。

因为这本书的出版，今年有省市宣传部门邀请我以作家的身份参加当地组织的采风活动，而不是以媒体人的身份。

我就在心里暗暗喊叫，我活过来了。

我因为坚持写作，到今天，有不少媒体需要我写的内容，也有不少媒体岗位向我伸出了橄榄枝，其中不乏新媒体。

这下轮到我笑了。

我认对老师了，我抓住机遇了，我在文学创作的道路上走上正道了。

接下去我还会继续写作，继续保持媒体人的敏锐，深入更深的社会基层，写更丰富的人生，对人间百态作更深度的思考。

至于今后我的努力方向是什么？想起我当过摄影家、当过摄影教授的父亲对我讲的一件事，他今年在希腊采风，遇见不少希腊人可以捧一本书、端一杯咖啡过一个下午。现在国内看不到这样的情状。除了大环境的原因和人心浮躁的原因之外，没有耐读的书出版也是一大原因。

我接下来的想法就是自己能彻底沉下心来写一点更有意思、更有个性、更贴近人性、更文学化的作品，让更多的人手捧着我写的散文集度过一个下午，并且不止读一遍，还会放在案头，随时、反复地翻阅。

而对于自我发展来讲，《人间有味》的出版意味着我越过了人生的一座大大的山丘。

我想，前面会很广阔。

《人间有味》研讨会后记

韩晓露

起初，对于我的散文集《人间有味》的研讨会在白马湖畔的柴家坞村开，并没有太大的概念。我以为柴家坞村只是白马湖边的一个小村庄。但10月28日开会前，因为不少朋友陆陆续续来得早了，离会议开始还有些时间，所以主办方华语之声传媒的老总徐志清带着大家在柴家坞村作了参观。参观后，我才发现，这不到百户人家的小小村庄依山而筑，远离公路的喧嚣，四周树木葱郁，空气清新。村庄因为有一些文化人的落户而带有几分文雅之气，村里的一些农家住宅经过重新设计后，线条明快，带有现代感并有书卷味，整个村庄的文化氛围很是浓郁。我见到有著名篆刻家张耕源的工作室，还有蓝石艺术与设计工作室、青道房设计机构、“懿塑工作室”等。开会前我们还参观了杭州印庐文化创意有限公司。公司里摆放的一些青瓷器皿泛着青玉般的光泽，宁静而干净。而华语之声传媒在柴家坞也有三幢别致的小楼。因为这些富有文艺气息的工作室的存在，柴家坞的风格是清丽脱俗又雅致质朴的。

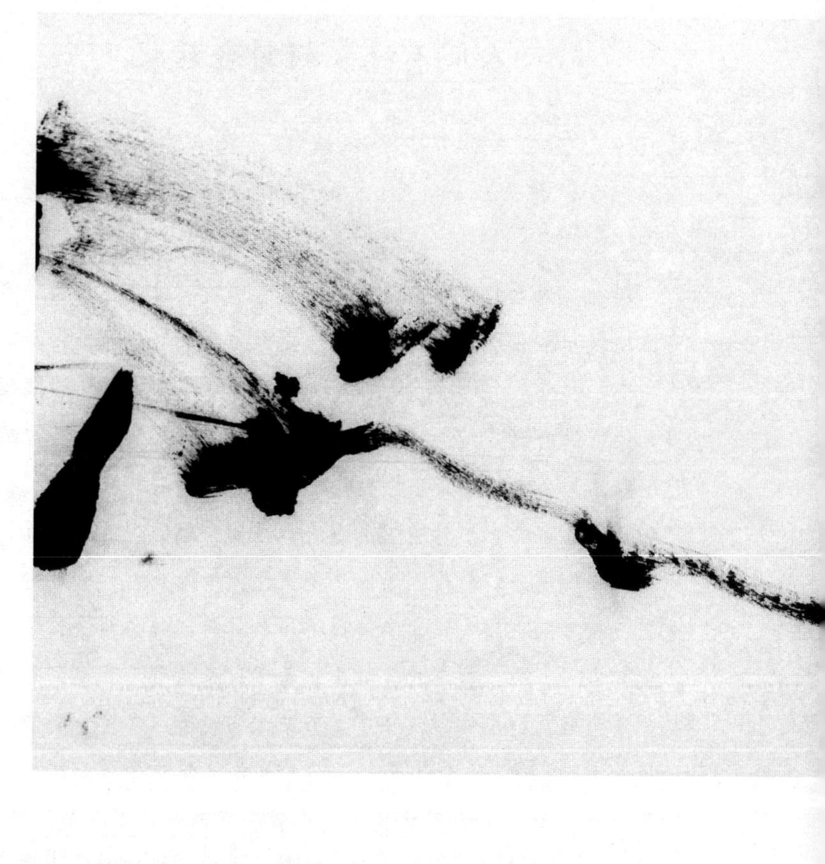

这样的氛围与我的这本散文集《人间有味》的风格倒十分贴近。

出席这次研讨会的有我的老师、著名作家黄亚洲，主持会议的是著名作家孙侃，还有浙江日报前副总编辑傅通先，民政厅原副厅长、文史馆员、著名书法家、作家童禅福，诗人之家常务主任王金虎，农业银行原行长、浙江省政府咨询委员会委员、诗人蒋志华，中国电力作协副主席陈富强，浙江省公安作协副主席艾璞，浙江文学志愿者中心秘书长、作家鹤矾，浙江知青文学研究中心诸向东，省建工集团一建党委书记张辉虎，《九州诗文》的主编王惠芳，著名书法家凌再扬等。他们多是文化界、文学界德高望重的前辈或者心向文化的雅士。所以，相聚在此开一场散文研讨会也与整个环境的文化气息特别协调。

也许是因了整个氛围的雅致和质朴。这次研讨会上，诸位发言诚恳且真挚，让我颇为受益。

黄亚洲老师、陈富强老师、邹园老师都以文坛前辈的身份给我的作品作了深刻的剖析并提出了中肯的意见。我的老师黄亚洲更是从我的个性特质以及文学特长上作了评价和指导，让我受益匪浅。作家邹园为了在会上发言准备了厚厚一叠发言稿，让我很是感动。

会前，多年的好友、省农业银行原行长、诗人蒋志华前一天在宁波开会到很晚，第二天一早还有会，也顾不上去开了，径直赶来参加我的研讨会。会后他又写了一首诗赠我。

杭州市政协主席叶明发来贺词，希望我继续努力，多出好作品。

浙江日报原副总编辑傅通先先生提前一个小时赶到会场。

会议从早上10点40分一直开到下午1点左右，从头至尾讨论都十分热烈。有好几位与会者争抢麦克风来发言。

我只顾在那里专心地听着。

所有的发言都如甘霖般，能滋润我那颗爱好文学的、渴望被滋润的心。也因为这次会议，我深深体悟了“以文会友”这四个字的含义。

曾经的老朋友因此而更为熟识，也因而认识了更多新朋友，比如著名作家赵遵生，比如浙大在读博士、英语教授向玲玲……

与会者诚挚中肯而热烈的发言，让我的心情久久不能平静，以至于会议结束后的那天一整晚失眠。

我太激动了！

因为这毕竟是我第一次开研讨会。

会前，亚洲学堂的同学郑洪帮我联系了来参加会议的朋友要坐的车子，华语之声传媒的老总辛苦地筹备各项会议事项，会后还答应给我的书籍作进一步的宣传推广。

这真情所编织的热爱和关心，让我这个刚刚走上文学创作之路的文艺青年深感温暖。

因为有这么好的老师，这么多的朋友，自从走上文学创作这条路后，我便没有了孤独感。

人说有二三知己足矣。

在文学创作道路上，我想，我的知己已不止两三位。

我太幸运。

为此，我要不负老师的辛苦付出和朋友的真挚情谊。

我要写出一些让更多的人喜欢，更有社会意义和价值的作品来。

我第一次感觉到我在文学创作这条路上，任重而道远。